物語と歩いてきた道

インタビュー・スピーチ&エッセイ集

上橋菜穂子

昔話を語ってくれた祖母と、めずらしく着物を着た母とともに。

高校では図書委員になって、様々な本を読み、文化祭で本についての発表をした。

高校時代に会いにいった『グリーン・ノウの子どもたち』の作者、ボストン夫人と。

大学院時代に入門していた
古流柔術の道場で。

ボランティア教員として働き、フィールドワークを
始めたオーストラリアの小学校で、子どもたちと。

さまざまな話を聞かせてくれた、アボリジニ女性とともに。

一気呵成《いっきかせい》に書きあげた
『精霊の守《も》り人《びと》』最初の原稿。

二木真希子《ふたきまきこ》さんによる
『精霊の守り人』カバー絵。

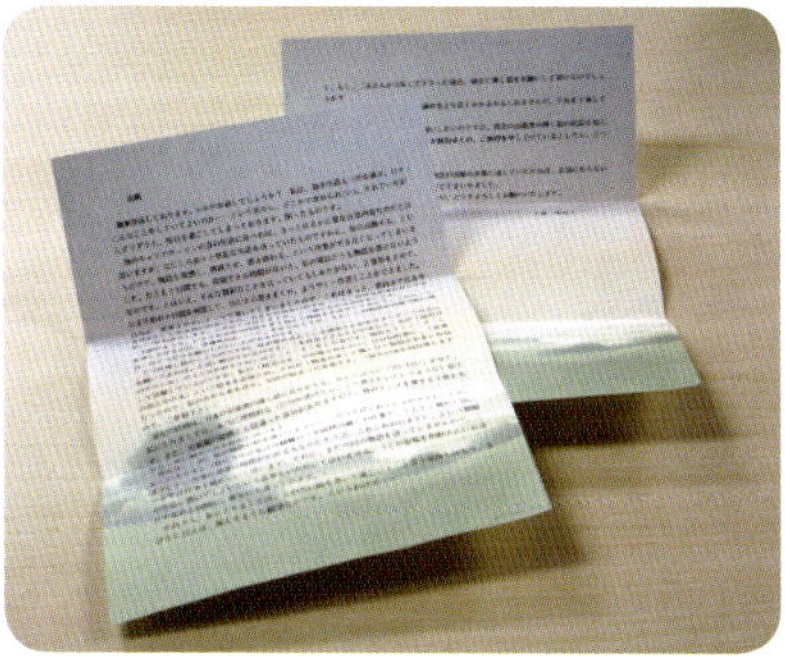

「『精霊の守り人』の装画は二木さんにお願いしたい」と出版社へ伝えた手紙。

ベルリンでおこなわれた国際文学フェスティバルでは、子どもたちが『精霊の守り人』の劇を上演した。

メキシコでおこなわれた国際アンデルセン賞授賞式でのスピーチ。

国際アンデルセン賞のパネルの前で。

ニュージーランドでおこなわれたIBBY（国際児童図書評議会）大会でのパネルスピーチ。

物語の執筆当時
上橋菜穂子が描いた
イメージボード

『精霊の守り人』
タンダのイメージ。

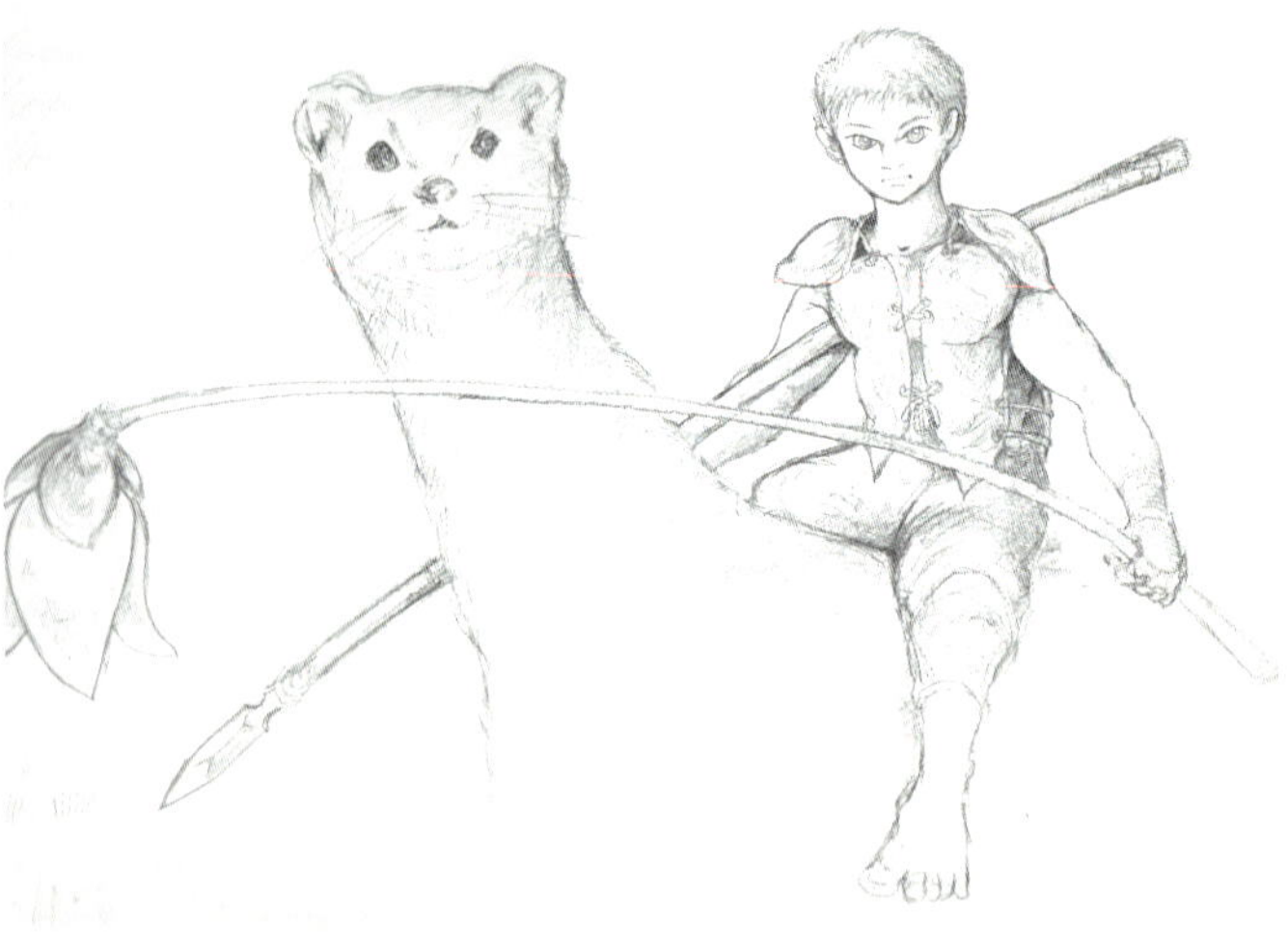

『闇の守り人』に登場するティティ・ラン〈オコジョを駆る狩人〉のイメージ。

物語と歩いてきた道

インタビュー・スピーチ＆エッセイ集

目次

大扉イラスト
上橋菜穂子（描き下ろし）
左上「根岸で祖母と」
右下「銀座にて」

装丁　山崎理佐子

はじめに　足跡をつなげて

先日、右目の黄斑上膜《おうはんじょうまく》の手術をしまして、一週間ほど入院しました。

入院中、担当の看護師さんに、「作家になられてから、何年ぐらい経《た》つんですか?」と聞かれ、「それね、ありがたいことに計算が簡単なの。なにしろ、平成元年にデビューしたから、二十九年目に入るね」と答えてから、思わず「うわあ、もう三十年近いんだ」と、つぶやいてしまいました。

なんと、作家になる前の年月より、作家になってからの年月のほうが長くなっていて、そのことが、とても不思議に思えたのです。

作家になりたいと夢見て、夢見て……気がつけば、作家になってもう三十年近い。書いた物語は世界中で翻訳され、漫画やアニメ、舞台、ドラマにもなり、二〇一四年には国際アンデルセン賞作家賞などという、夢ですら見たこともない賞をいただき……

いや、これはもう、子どもの頃《ころ》に夢見たことを遥《はる》かに超えてしまっています。なんとありがたいことだろう、と思ったとき、短い脚《あし》を必死に動かして、さまざまな道をくねくねと走ってきた自分の後ろ姿を見たような気がしました。

私は体力も気力も人並《ひとなみ》以下の人間です。ただ、どんな経験も執筆《しっぴつ》の糧《かて》になるはずと思って、多くの回り道、寄り道をしてきたことが、私なりの物語を紡《つむ》ぐことを助けてくれました。

できれば家の中でゴロゴロしていたい自分の背中を蹴《け》っ飛《と》ばして、文化人類学を学び、オーストラリアで先住民のアボリジニたちにからかわれながら過ごした日々や、大学で、教員としてさまざまな仕事に明《あ》け暮《く》れた日々のすべてが、物語を紡ぎだす土《ど》壌《じょう》を豊かにしてくれたのです。

この三十年近い日々の間には、本の形で世に出ているもの以外にも、たくさんの文章を書いてきました。インタビューもたくさん受けましたし、スピーチもしました。そういう文章は、走ってきた道につかのま残る足跡のようなもので、一瞬だけ人の目にとまり、すぐに消え去ってしまう運命にあります。

この本は、そういう小さな足跡を集めて、私がたどってきたくねくね道を浮かびあがらせてみようという試《こころ》みから生まれました。

年代順にたどる、というより、私という作家の特徴《とくちょう》が浮かびあがるように、いくつかのカテゴリーにまとめてあります。

子どもの頃からの日常生活や、アボリジニ研究の経験が物語と関わっていることを垣間見《かいまみ》せてくれるようなものもあれば、「守《も》り人《びと》」シリーズに素晴《すば》らしい絵を描きつづけてくださった二木真希子《ふたきまきこ》さんへの思いを語ったインタビュー記事もあります。

本書に入っている国際アンデルセン賞関連のスピーチなども、JBBY（日本国際児童図書評議会）の会員でなければ、ほとんど目にする機会がないものかもしれません。

国際アンデルセン賞作家賞は、二年に一度開かれるIBBY（国際児童図書評議会）世界大会の会場で授賞式がおこなわれるのですが、受賞作家は、その授賞式でスピーチをするだけでなく、次の世界大会にも招待されて、スピーチすることになります。

本書では、私が国際アンデルセン賞を受賞したとき、メキシコシティの会場でおこなったスピーチと、昨年、ニュージーランド大会に招待された際におこなったスピーチの両方を収録していただきました。

どちらのスピーチも私が和文で原稿をつくり、それを翻訳者の平野《ひらの》キャシーさんにきれいな英語にしていただくという形で進めて、メキシコ大会のときは、私は日本語でスピーチし、大きなスクリーンにその英訳が同時に流れるシステムでおこなわれました。

ニュージーランド大会では、私が初めの数分間を英語でスピーチし、途中から平野キャシーさんにバトンタッチして滑《なめ》らかな英語で語ってもらうというスタイルをとりました。

どちらも私ひとりでは実現不可能な、二人三脚の世界大会スピーチでしたから、キャシーさんには、いくら感謝してもしきれないほどです。

ニュージーランド大会では、先住民マオリが大会運営に積極的に関わっていたので、大学院時代からの親しい先輩で、長年マオリの研究をしている内藤暁子《ないとうあきこ》教授に挨拶文《あいさつぶん》を翻訳してもらい、キャシーさんとふたりで声を合わせてマオリ語で挨拶したのですが、作家としての自分と文化人類学者としての自分が重なったような、不思議な感動を覚えたものです。

物語が好きで、本を読むのが好きで、自分をむりやりはげまして、広い世界に飛びだし……そういうことのさまざまが、本当に、これまでの人生を支えてきてくれたのです。

よく、本棚を見ればその人がわかる、と言いますが、ジュンク堂書店池袋本店の市川さんからお声をかけていただいて、常に私を新しい世界に連れていってくれた大切な本の数々を展示販売する作家書店の店長さんになる機会をいただいたことも、楽しい思い出です。

当初、千冊ほどの書名を挙げたのですが、そのうちの三割以上が絶版《ぜっぱん》になっていて、驚きました。良い本でも残っていくのは難しいのですね。だからこそ、こういう素晴らしい本がある、とお伝えすることには意味があるかもしれない、と思って、ちょっと恥ずかしいですが、私の大切な友だちである「本たち」と、本屋さんへの変わらぬ愛をお伝えするカテゴリーも作っていただきました。

ところで、この本には、表紙のティティ・ラン〈オコジョを駆《か》る狩人《かりゅうど》〉や大扉の祖母と幼い頃の私、銀座の和光など、この本のために描いた絵のほかに、「守り人」シリーズを書いていた当時に描いたティティ・ランやタンダの絵が載《の》っています。

私はこれまで、自分の楽しみのために描いてきた絵を人に見せることはしませんでした。素人《しろうと》の手遊びですし、読者がイメージする自由を縛《しば》りたくなかったからです。ティティ・ランの絵は「オコジョを駆る狩人って、こんな感じです」と、二木さんにお見せしましたが、タンダの絵は二木さんにも見せておりません。

ただ、『精霊の守り人』が出版されてから、もう二十年以上になりますし、漫画やアニメ、ドラマになり、すでに多くのイメージが世に出ていますから、そろそろ私がイメージしていた姿をお見せするのも一興《いっきょう》かな、と思って、展覧会で展示をしていただき、この本でも、タンダのイメージ画を載せることにしました。

私はもともと、あまり登場人物の顔の描写を詳細にはしないのですが、タンダの外見の描写も、ほとんどしていません。「黒にちかい褐色《かっしょく》の肌に、ぼさぼさの茶色い髪。目尻のしわと、やわらかい光をたたえた目。いかにも人がよさそうな、二十七、八の男」と書いただけです。

私の中のタンダは、あまり身なりにはかまわないけれど、でも、すっきりとした、知的な感じの男です。私が描いた絵の中の彼は、髪の毛もさっぱりと整っていますね。タンダが生きて動きだし、一生懸命バルサの治療をしたら髪がボサボサになってていたわけです。私の中では、彼はそんなふうに、いきいきとした人間の顔をしていて、表情ゆたかに動いているのですが、残念ながら画力がなくて、見えているままに描くことはできませんでした。そういうもの、として見てくださいね。

どれも素人の絵ですが、楽しんでいただければうれしいです。

この本には、随分《ずいぶん》と昔のものから、つい最近のものまで、多岐《たき》にわたる「私の足跡」がつまっています。短い脚を必死に動かして走ってきた跡を、ロードムービーでも見るように気軽に楽しんでいただけたら、幸せです。

平成二十九年九月一日　日吉《ひよし》にて

上橋菜穂子

物語が脈打《みゃくう》つ世界の描き方

経験は、物語を紡《つむ》ぐ〈羅針盤《らしんばん》〉

聞き手・文　瀧　晴巳

二〇一六年から全国各地を巡回して開催された展覧会、「上橋菜穂子と〈精霊の守り人〉展」によせた特別インタビュー。

物語が生まれるとき

――上橋菜穂子が描く壮大《そうだい》なスケールの物語は、一体《いったい》どのようにして生まれるのか。まずは、その秘密に迫《せま》ってみたい。

物語を描くときには、頭の中にイメージが浮かんでくるんです。最初に浮かんだそのイメージが三つくらいの事柄《ことがら》と結びつくと、ストーリーが動きだします。三つないとダメです。最初にひとつしかイメージがないというのではダメなんですね。

『精霊《せいれい》の守《も》り人《びと》』の場合、私は海外ドラマが好きでよくレンタルして観ていたのですが、そうすると冒頭に予告編が入っていますよね。何の映画だったか、予告編の中で中年の女性が燃えているバスの中から子どもの手をひいて降りてきたんです。それを観たときに突然〝彼女が男の子を守りながら旅をする話を描きたい〟と思った。その瞬間にはもう、頭の中に肩に短槍《たんそう》をかついでいるバルサが浮かんでいるんですよ。

そして彼女が手をひいているのは、ものすごくきかん気そうなチビでした。でもこのきかん気そうなチビちゃんは、バルサの子どもには見えなかった。まったく血のつながりがないこの子が、どういうふうにして彼女との関係をきずいていくのか。さらにイメージがふくらんで、そういうときって描きたい気持ちでワクワクしてくるんですね。

そのワクワク感のまま、しばらく置いておいたのですが、ある日、昼寝から覚めたらふっと「体内に別な生態系《せいたいけい》の何かが宿《やど》ったらどうだろう」って。なんでそんなことが浮かんだのかはわからない。でも「あの手をひかれていたチビちゃんは、それを宿していたんだ」と思った。彼のお腹《なか》の中に宿ってしまったものは、いいとか悪いとかじゃない、ただ単《たん》に〈ほかの生命体が卵を産む〉という生態系の中のリンクのひとつとしてやられていること。でも宿された側にとっては、それが何かわからない状況って怖いだろうなあと。

もし彼が社会構造の中で神聖さを求められる存在、その社会の中核《ちゅうかく》を担《にな》うような存在だとしたら、体内に別の生命体の卵を宿してしまったそのことが、彼が追われたり、消されたりする理由になるかもしれない。つまりそこに社会が関わってくるなと。社会構造の中でどうやって権力や権威というものが生まれるのか、どうやって神話が生まれるのかというのは、文化人類学を学んできた私にとって、もともと気になっていることでした。

さあ、これで三つのイメージが浮かびましたよね。そうしたら、いわゆるプロットは立てちゃいけない。なぜって「この男の子は何歳で誰と出会って、どうのこうの」ってことをあらかじめ決めてしまったら、物語が死んじゃう気がするんですね。そうじゃなくて、三つのイメージが浮かんだら、そこからもう物語の世界が頭の中で脈打《みゃくう》ちはじめる。そうしたらそのまま、彼らが動くとおりに追いかけていくんです。

だから私の場合、たくさん資料を集めて、プロットを決めてという書き方はしていないんですね。書きだすのに資料はいらない。資料が必要になるのは、むしろ書きだした後で「守り人」シリーズだと『蒼路《そうろ》の旅人』がいちばん資料を使ったと思います。この季節にこのくらいの装備の船で行くとしたら、どのくらいの日数がかかるのか。あるいは陸路《りくろ》ならどうかを調べる必要があったからです。

執筆《しっぴつ》スタイル

そうして芽吹《めぶ》いた物語を、どうやって育てていくのか。推敲《すいこう》に推敲を重ねる執筆スタイルはかなり独特だ。上橋の父親は画家だが、上橋も、まるで一枚の絵を仕上げるかのように物語をブラッシュアップしていく。

その日その日によるんですが、理想的な一日を言うと、朝、目が覚めて、食事をして、その後、自分の時間に入りますよね。物語が書ける気持ちになるまで結構《けっこう》ウロウロしてるんですけど、さあ、書けるぞという気持ちになってきたら、座って、前の日に書いたところを読みなおします。読みなおしては、ずっと削《けず》っていくんです。

物語を描くとき、私はその世界をデッサンするように描いていくのですが、最初はたいてい描きすぎていて、まるで写真みたいな写実的すぎる絵になっている。それを翌日、そうやって推敲することで、余分《よぶん》な線を消して、これしか必要がない線だけを残していく作業をするんですね。

不思議なことに、その作業をやっていると物語の世界にまたスッと入っていくことができる。そうするとその日の午後、あるいは夜になる頃《ころ》には、次のシーンが浮かんでくるんです。浮かばないときは、車の運転をします。〝タルシュ帝国がやってくるのにどうしたらいいんだ!?〟とか思いながら、ぐるぐる、ぐるぐる、ドライブする（笑）。

段落や句読点の飛ばし方もすごく気にしながら書いているので、もともと書くときも、四百字詰め原稿用紙のようなレイアウトでは書かないんですね。読者がその本を読むときを想定して、その本を開いたときのページのレイアウトそのままの画面をつくって、書いていきます。パソコンの画面で読んでいたものとプリントアウトしたものとではまた印象がちがうんですよ。書きあげたものをすべて片面《かためん》ずつプリントアウトするので膨大《ぼうだい》な量になるんですが、そうやって自分が一読者になって全部読みかえして初めて、自分の頭の中にはあったのに抜けおちていたことや、勢いにまかせて書いたために焦《あせ》りすぎて描けていなかったりするところに気づいたりする。

たぶん私は、そうやって自分が一度読者にならないとダメで、書きあげては読みかえし、読みかえしてはまた書きなおすことを繰りかえしながら、きっと作者と読者の間を行ったり来たりしているんじゃないかと思う。読者になって物語の中に入りこんで、気持ちが動いたときに初めて、その物語が「できあがった」となるものですから、その作業は、私にとってものすごく大切な作業なんです。

そのときに「ああ、しまった。これはダメだ」と思ったら、たとえ何百枚書いていても捨てます。四百枚バッサリ捨てたこともあります。そうやって何度も推敲を重ねて、ようやく自分で「出してもいいものになった」と思えたら、その段階で編集者さんにお渡しするのですが、編集者さんのひとことでさらに書きなおすこともよくあるんです。

初めて自分以外の誰かの目で自分の物語を見ることができるので、私にとって編集者さんはものすごく大切な存在です。そのひとことで物語全体の別の姿が見えてきたら、そこからまたやりなおす作業をするので、推敲と言われれば推敲なんですけど、やっていることは常《つね》に同じかもしれない。物語が自然に浮かんでくるのを大切にしながら、もう一回もう一回と繰りかえす。なので、ものすごーく時間がかかるので、ものすごーく寡作《かさく》な作家になってしまいました（苦笑）。

『精霊の守り人』の原型

実は『精霊の守り人』には、デビュー前に書いた原型となる物語があった。物語がいきいきと脈打ちはじめるまでにはまだ何かが足りないと、試行錯誤《しこうさくご》を繰りかえしていたデビュー前夜の軌跡《きせき》を振りかえる。

子どもの頃《ころ》から作家になりたいと思ってきた私が初めて書きあげた物語は、高校二年生のときに書いた「天の槍《やり》」という、原稿用紙十五枚くらいの短編でした。石器時代の若者が初めて獲物《えもの》を倒す、ただそれだけの場面を描いた短編です。「天の槍」は、当時、旺文社《おうぶんしゃ》の学芸コンクールに応募して佳作《かさく》に入選することができたのですが、自分ではひとつの場面ではなく、サトクリフやトールキンのようなひとつの世界、ひとつのストーリーを描いてみたいと思っていました。

それこそ大学生のときには、アレキサンダー大王の東方大遠征《とうほうだいえんせい》を物語にできないかと格闘《かくとう》したことがあります。マケドニアを出て、インドまで大遠征した彼についていかなければならなかった兵士たちは、きっと実にさまざまな民族に出会っていくわけですよね。一兵卒《いちへいそつ》が異文化《いぶんか》と出会って、何を思ったのかを描いてみたいと思った。しかし、ついに書きだすことはできませんでした。

私は『トムは真夜中の庭で』を書いたフィリパ・ピアスという作家が大好きなのですが、彼女が来日したときに講演で「私は、ボートをつないでいるもやい綱《づな》の湿《しめ》り気《け》とささくれが見えなければ描けません」とおっしゃっていた。私もそうで、ディテールが浮かばないと描けない。

このときも、その一兵卒はどのくらいの数のサンダルを持っていったのか、そのサンダルはだいたい何日くらいですり切れてしまうものなのか。そういう描くか描かないかもわからないくらいの日常の細かなことを知りたいと思った。それで教授を質問攻めにして、苦笑《にがわら》いされた記憶があります。自分でもそうした日常生活が書かれている資料を探そうとしたのですが、当時は文献《ぶんけん》の探し方もよくわかっていませんでしたし、ギリシャ語が苦手な私にとって、あまりにもハードルが高かった。書く気満々《まんまん》で、原稿用紙も山のように買ったんですよ。かたちから入るタイプなので（笑）。

ついに書きだすことはできなかったけれど、そのときに、自分は実在の歴史上の人物を主人公にして物語を書くのはやめようと思ったのです。歴史小説を読むのは大好きなんですよ。でも読んでいると、本当にこの人はこういうことを思って生きたんだろうかと気になってしまう。文化人類学をやるようになってから、そのことはいっそう強く思うようになりました。私の専門はオーストラリアの先住民族であるアボリジニなんですが、彼らについて書こうとすると、いつもその問題に突きあたったからです。

自分は文化的な差異《さい》、価値観のちがいをどれくらい理解できているのか。もしかすると恣意的《しいてき》に真実をねじまげてしまう可能性がある。歴史を描くというのは、私にとってそういう恐ろしいことなんですね。

初めて長編を書きあげたのは、大学院生になってからでした。主人公のおっさんが女の子を守って旅をする話で。そう、これこそが『精霊の守り人』の原型となった作品です。私はどうも血のつながらないチビちゃんを誰かが守る話が好きらしい（笑）。

広げた風呂敷《ふろしき》をなかなか畳《たた》むことができなかった私が大学生の頃から延々《えんえん》書きつづけたこの物語は、いつのまにか四百字詰め原稿用紙で千枚を超える大作になっていて、山のように買ってあった原稿用紙も、このときにやっと使うことができました。私にとってすごく好きな物語でしたが、まだ未熟《みじゅく》で世に出せる感じはしませんでした。ただ、この物語の主人公の名前は「ヴァン」といって、のちに『鹿の王』の主人公として生かしてあげることができた。つまり、このときの千枚を超える物語には『精霊の守り人』と『鹿の王』、ふたつの物語の種がすでにまかれていたというわけです。

バルサ誕生

「守り人」シリーズの主人公、女用心棒《おんなようじんぼう》バルサは、いかにして生まれたのか。そこには体が弱く、それゆえに物語を浴《あ》びるようにして育ったひとりの少女の強さへの憧《あこが》れが息づいていた。

物語が生まれるときには、どうも心の中に大きな経験があるらしい。エピソードとして取りだすこともできないようなさまざまな経験こそが、物語を自然に生みだす力になっていく。書きだすときに資料がないのはそのせいで、どんな資料よりも経験がものを言うのだと思います。その意味で私にとって子どもの時代というのは、とても大きかった。子どもの頃、私は非常に体が弱かったんです。生まれつき心臓が弱く、家で寝てなくてはいけないチビさんだったので、父と母、特に母にはたくさんの本を読んでもらいました。父方の祖母がまた見事な語りをする人で、身振《みぶ》り手振《てぶ》りを交《まじ》えながら、いろんな話をしてくれたんです。おかげで私は、自分で本が読めるようになるより前から、物語が好きで好きでたまらない物語中毒患者になってしまった。

このおばあちゃんの、さらにおじいちゃんにあたる人が、柔術《じゅうじゅつ》という合気道《あいきどう》や柔道のもとになった武術《ぶじゅつ》の指南役《しなんやく》だったのです。明治以前には名字帯刀《みょうじたいとう》を許されて、お殿さまを警護する、つまり「守り人《もびと》」のお役目をしていた。おばあちゃんがこのおじいちゃんの話をよくしてくれたのですが、老人が筋骨《きんこつ》たくましい若者を右へ左へと投げとばしたりする武勇伝《ぶゆうでん》を、ワクワク、ドキドキしながら聞いたものです。

おかげで私は、父が「何かして遊んであげる」と言うと「じゃあ、お相撲《すもう》の手をひとつ教えて」というような女の子になってしまった。夢を見ても、夢の中で女の子だったことがない。全部、自分が男の子の夢でした。遊ぶときも男の子の遊びだったし、観ているテレビも忍者ものや格闘技《かくとうぎ》。そうなると私にとって〈女用心棒のバルサ〉というのは、非常に自然に生まれたキャラクターという気がしてきます。

大学院にいた頃には、道場に入門して古流《こりゅう》柔術という中国武術を習ったことがありました。見学に行ったときに、美しい女性が男性相手に見事な技《わざ》を決めるところを見せてくれた。こういう経験があったからこそ、いざバルサを描こうとしたときに、力ずくで向かっていくのは無理かもしれないけれど、力を使わず一瞬の〝合気《あいき》〟で決める、そういうやり方なら女性でも用心棒になれるかもしれないと思うことができた。「ファンタジーなんだから何でもアリでしょう」と言われがちですが、私はそれはダメなんですね。女用心棒を描くのなら、女性でそういうことが本当に可能かどうかということがとても気になるわけです。ディテールに経験という一粒《ひとつぶ》の真実を吹きこむことで、物語に本当の風が吹く。

私は、基本的に強いことが好きです。子どもの頃は、単純に強さに憧れていました。相撲だったら〝電車道《でんしゃみち》（立ち上がっていっきに相手を寄り切ったり、押し出したりすること）〟でいきたい。チビだったのに立ち合いから一直線に突きすすむような取《と》り口《くち》が好きで、やるなら体当《たいあ》たりで真《ま》っ向《こう》勝負を挑《いど》みたいと思っていました。でもだんだん自己批判が起きてくるわけです。自分自身も弱いですし、自分の中に「殴《なぐ》りたい」という暴力的な衝動があることにも気づいていました。じゃあ本当に強いというのはどういうことなんだろう。いろんな視点から見ることができるようになっていって、やっとバルサを描くときが来たのだと思います。

私は本当にバルサが好きで、「守り人」シリーズでは何よりも、まずバルサの強さを描きたかった。強さにもさまざまな側面があると思うのですが、バルサの強さの根《こん》源《げん》には彼女の経験があるような気がするんですね。その経験は、たぶんバルサにとって心地《ここち》よいものではなかったはずで、バルサは〈こうならざるをえなかった女性〉なんです。本当につらいさまざまな経験をしてきたのだと思うのですが、それがあるとき、危機におちいっている幼い男の子と出会ったことで、その子を助けることができる力に変わっていく。そして、そのことでバルサもまた救われるところがあるんだろうなと思いました。

〈成長を描く〉とよく言われますが、たぶん〈成長〉というのはひとりでするものではない。生きていく中でさまざまな人と出会い、さまざまな葛藤《かっとう》があり、経験がある中で引きだされてくるものなんじゃないか。しかもそれは自分だけのことじゃない。成長したあかつきに自分が得られた力というのは、必ず他者《たしゃ》を助ける力に変わる。

だから描いていると、いつのまにかジグロがバルサを助け、バルサがチャグムを、あるいはトロガイがシュガを、タンダがバルサを、聖導師《せいどうし》が帝《みかど》を助けるというさまざまな線が見えてくる。私はたぶんバルサを通して、そういう人と人がつながったときに生まれる強さを描きたかったんだと思います。

読書遍歴《へんれき》

――ふりかえると、物語とは何かを考えるとき、原点であり、その後の指針《ししん》となったのは、高校時代に読んだ本だった。

物語を読んでいるとき、私はその世界を旅しているような気持ちになります。ルーシー・M・ボストン夫人の『グリーン・ノウの子どもたち』は、まさにそういう一冊。十二世紀からあるマナーハウスで現代の男の子が過去に生きた子どもたちと出会ってしまうという、イギリスお得意のタイム・ファンタジーですが、読んでいると雪の匂いや寒い時期の石の壁のざらつきまで感じられるような気持ちがしたものです。この本のおしまいに、翻訳者の方が〈ボストン夫人は、この物語の舞台になったマナーハウスに現在も住んでいるのです〉と書かれていて、それを読んだ高校生の私は「ああ、すごい。それでこんなにリアルな物語が描けるのかもしれない。いつかマナーハウスに行って、ボストン夫人にお目にかかれたら」と夢をふくらませていました。

そうしたら、ちょうど高校二年生のときに英国研修旅行でケンブリッジに行くことになったのです。マナーハウスはケンブリッジからほど近い場所にあって、これはもう行くしかないと編集の方にお手紙を書いたら、とんとん拍子《びょうし》にボストン夫人から「その日なら家にいますから、ぜひ遊びにいらっしゃい」とお返事が返ってきた。思いがけず夢がかなったことにも驚いたのですが、それ以上に感激したのは、そうしてマナーハウスを訪ねてみたら、そこには物語に描かれていたものが全部あったのです。主人公の男の子が持つサーベルもあったし、木馬もあったし、当時の写真を見ると、私がいかに興奮して夢の中にいるかをわかっていただけると思います。

ボストン夫人が描いている物語と暮らしているその家とは、あまりにも見事にシンクロしていた。そしてそのときに、私はボストン夫人に大切なことを学ばせてもらったのだと思います。読んでいる人がスッとその中に入って、そこで暮らしているかのような気持ちになれる物語というのは、書いている人がその生活の手ざわりをちゃんとよく知って描いているのだと気づいたのです。

そのときの研修旅行では、サトクリフが『第九軍団のワシ』で描いたローマン・ウォール、ハドリアヌス帝がつくった北壁《ほくへき》にも行くことができました。ローマン・ウォールとはローマの支配地域と先住民のまつろわぬ民《たみ》がいる地域をへだてる壁、境界線であり、『第九軍団のワシ』はローマの百人隊長だったマーカスと、戦《いくさ》で負けて奴隷《どれい》の身分にされたエスカがお互いをへだてている壁を越えて友情を育《はぐく》んでいく物語です。私を何より涙ぐませるのは、とうていわかりあえないと思われた人と人が、こんなふうに境界線を越えてつながる一瞬なのです。

サトクリフは意識的に多民族の物語を描いてきた作家です。ノルマン王朝を描いた『運命の騎士』でもイギリス人というのが一体どういうふうにできてきたのか、その血の中にどれだけ多様な民族が入っているのかということを描いていて、だからこそ、私はあれほど惹《ひ》かれたのだと思います。日本で生まれ育って、日本人ばかりの世界で生きてきた子どもであった私は、サトクリフを通して、歴史の教科書よりもっと生々《なまなま》しいかたちで、さまざまな背景を背負《せお》った民族がひとつの国の中でひとつの姻族《いんぞく》になっていく姿を描いた物語に出会った。

あるいは高校生のときに好《この》んで読んでいた物語に『イシ――二つの世界に生きたインディアンの物語』があります。作者のシオドーラ・クローバーは『ゲド戦記』で有名なル＝グウィンのお母さん。ちなみにル＝グウィンのお父さんのアルフレッド・クローバーも大変有名な文化人類学者です。どうも高校生のときの私は、人間にはさまざまなかたちで境界があって、そのせいで血なまぐさい争いが生まれることもあるけれども、争いになりかねない状況の中でも、かぼそい何かで越えていこうとする人と人のつながりがあるのだということに強く心惹《こころひ》かれていたのだと思います。

多民族を描いた物語ということでは、トールキンの『指輪物語』を忘れるわけにはいきません。私はあの物語世界が本当に大好きで、当時はただひたすら夢中で読んだのですが、あらためて読みかえしてみると、いろんなことに気づきます。『第九軍団のワシ』のマーカスとエスカじゃないけれど、『指輪物語』のギムリとレゴラスもまるでちがう。エルフのレゴラスは高い木の上が好きだし、ドワーフのギムリは地の底が好き。何もかも本当に対照的なふたりなのに、いつのまにか離れがたい親友になっていく。ひとつの指輪というのは「one same rule」、さまざまな多様性をひとつのルールで縛《しば》ってしまうもののことであり、あの物語はそれを捨てにいく話です。何かを得ようとするのではなく、何かを捨てようとすることが描かれている。『指輪物語』は、捨てることがいかに難しいかを描いた物語なんです。もしかしたら今、世界で起こっているさまざまな民族問題も、捨てるのが難しいものを手放すことができずに、それぞれが頑《かたく》なに持っているからこそ生じていることかもしれない。その意味では、非常に根源的なことを描いている物語でもあるのです。

文化人類学が教えてくれたこと

ただ当時の私が『指輪物語』に惹《ひ》かれた理由は、実はもうひとつあって、ホビットの暮らしって、なんて最高なんだと思ったんですね。一日になるべく二回は自分の好きなごちそうを食べて、ぬくぬくとあったかいホビット穴《あな》に寝っころがっているなんて！　子どもの頃からものすごく弱虫な私は、新しいものに触《ふ》れるのが嫌い。できることなら傷つきたくないし、怖いことはなるべくしたくない。でもそういう自分のことが嫌いで、コンプレックスを抱いていました。強さに憧《あこが》れていたのも、自分が弱いからこそなんです。できることなら新しいことにどんどん出会っていけるような、強い人間になりたい。でもそんなことできない、怖いという気持ちのほうが強かった。

ところが高校生になると、将来のことを考えるようになる。大学受験をどうするのかとか、自分が何者になるかというのを具体的に思い描かなければいけなくなってくる。物心ついたときから物語を描く人間になりたかった私にしてみると、やがて物語を描くとして、はたしてそれが読むに値するものになるか。それを考えるのがいちばん怖かった。なぜって私は自分が甘《あま》ったれのチビにすぎないってことを知っていたし、これを打破《だは》しないことには「なるほど。これはこの作者にしか描けない何かだ」と思ってもらえるような物語はとうてい描けない。それにはどうしたらいいかということを、だからずっと考えていました。

そのときに思い出したのが『ホビットの冒険』のビルボさんです。自分が「靴ふきマットの上でもぞもぞしてるヤツ」と言われていると知ったビルボさんは「そんなふうに思われるくらいなら」と、つい旅に出てしまい、あとですごく後悔するんですが、私もそれと似たような気持ちで、文化人類学をやってみようと思った。

文化人類学の魅力は、本で読んだ知識で何かを知ったつもりになってはいけない、もし何かを学びたいのであれば、あなた自身がそこに行って暮らしなさいというところにあります。そうすればやがて身についていくさまざまなことが、人というのはどういうものか、人びとというのはどういう存在であるかを見せてくれるであろうという学問です。

私も、自分の殻《から》を飛びだそう。これまで親や先生、友だちに守られてきた私が、そういう存在が誰ひとりいないところへ行って、言葉もろくに通じないような場所で、自分で人間関係をきずいて、自分で何かをやっていくことができたなら、そこで得た経験は、私を〈物語を描いていい人間〉にしてくれるんじゃないかという気がしたのです。

そうしてビルボさんよろしく最初の一歩を踏みだした私は、ついにフィールドワークでオーストラリアに飛びだして、やっぱり、あとでものすごく後悔しました。ビルボさーん、あなたの気持ちはとてもよくわかるよ。私もあのままホビット穴で寝ていたほうがよかったと何度思ったことか！
　でもあのとき、一歩踏みださなかったら、斧《おの》で薪《たきぎ》を割るやり方も知らなかっただろうし、根っこはゆっくり燃えるから、いい薪になることも知らなかったでしょう。馬に乗れば、脚の使い方がへたくそな私は、いろんなところが痛くなった。『天と地の守り人』でチャグムとバルサが馬に乗るシーンで、ふたりの体の痛みのちがいが描けるのは、そういう経験があったからです。今、物語作家になった私がいるのは、まちがいなくあのとき、最初の一歩を踏みだして、さまざまな経験をしたからなのです。

枠《わく》の外側に出る物語

　——上橋菜穂子が描く物語では、しばしば、異《こと》なる多様な世界が存在する。

　文化人類学では、カルチャーショックをすごく大切にします。自分の社会の中にいると〈常識〉だと思っていることが、外側に出ると〈常識〉でも何でもないことに気づく。外側に出ることで、ああ、こんなふうにして人は社会をつくっているのか、権威をつくっているのかという枠組《わくぐ》みや仕組みが見えるわけです。

それでいうと『精霊の守り人』で、チャグムは枠の中にいて、その社会の柱にならなければいけない運命を背負《せお》った子どもです。いっぽう、バルサは自分がいた社会の中で生きていくことができなくなって、枠の外へ放りだされた人間なんですね。それで彼女は、流れて旅をしている。でも枠の外側に出てしまった人間には、そこに枠があることが見える。宗教や法律やこの社会の仕組みや価値観も、もともとは人びとがつくりだした創造物にすぎないことを肌で知っているわけです。だからチャグムの権威を恐れないし、二ノ妃《にのきさき》に対しても「あなたはずるい」と言いはなつことができる。

すなわち、海の中にいるお魚には海の色は見えないけれど、空を飛ぶかもめには海の色が見えているというわけです。私は、つまりそういうことが描きたくて、物語の中にひとつの場をつくっているのだと思います。それって、つまり誰にとっても〈外側から見た社会〉なんですよ。外側から見ることができれば、人びとがどういうふうにして社会をつくっているのか、その仕組みが見える。それをやりたくて、こういう物語を描いているのですが、みなさまはそれを「異世界《いせかい》ファンタジー」とお呼びになる。私は、別にファンタジーと言われるものを描きたいのではなくて、そういう場を一からつくったほうが、外側から見た社会が描けると思うので、こういう物語を描いているのです。

ドラマ版『精霊の守り人』

――「守り人」シリーズは、二〇一六年三月より綾瀬《あやせ》はるか主演で大河ファンタジー「精霊の守り人」としてNHKでドラマ化されている。

今回はとても大きなプロジェクトで『精霊の守り人』から『天と地の守り人』、さらには外伝で描いた『流れ行く者』なども織りこみながら、全二十二話、三年かけて映像化することになりました。はたしてどういう配分でどういう構成にしていったら、ドラマとしておもしろくなるのだろうというのはとても難しい作業でしたが、ドラマの制作の方たちも、私たちも、とにかくいいものを作りたいという気持ちがあったので、ストーリー構成を綿密《めんみつ》に考えるところから一緒にやることになったのです。

原作の『精霊の守り人』から『天と地の守り人』までは、チャグムの物語として見ると一本きれいに筋《すじ》が通っていて、とてもわかりやすいストーリーなんですね。しかし、だからといってチャグムの物語として描いてしまうと、バルサの描き方がなかなか難しくなる。なぜかというと、バルサの心の葛藤《かっとう》の大きなところは、原作では二作目にあたる『闇の守り人』でかなり描かれてしまっているからです。『闇の守り人』は読者の人気がとても高い作品なので、ドラマでも大切に描きたいのですが、そのためにはこれを『精霊の守り人』『闇の守り人』と原作の順番通りに描いていったのでは全体の流れがうまくいかない。それでドラマではそこを大きく変える決断をしたのです。いちばん大変なことでした。スタッフと今も鋭意《えいい》努力中です。

配役も素晴らしい。原作を愛してくれる方たちは、ドラマのバルサを観て「綾瀬さんでは若すぎる」「綾瀬さんでは美しすぎる」と思うかもしれませんね。でも綾瀬はるかさんとバルサって、実は同《おな》い年《どし》なんですよ。そうはいっても女優さんですから、たしかに若いし、美しい。でもそれは決してマイナスポイントではなくて、今回ドラマの方は帝《みかど》もシュガもみんな、若いです。そしてそこには実は大きな意図《いと》が込められています。全二十二話を観おわったときに、ああ、なるほどとその意図を見抜いてくださる方がいらしたらうれしいのですが、ある意図を込めながらの若さなんです。

ぽわんとして優しそうに見える綾瀬さんですが、実は彼女、元陸上部の体育会系。運動神経がかなりいいという話を聞いていました。座頭市《ざとういち》を演じた映画「ＩＣＨＩ」では激しい殺陣《たて》にも挑《いど》んでいて、動きが大変見事です。実際にお目にかかると、驚くほどシャープな男っぽさがあって、スッとしてブレない竹のような感じと言いましょうか。ああ、これならスッキリとした、いいバルサになるなと。かなり短槍の稽古《けいこ》もされたようで、初めてお会いしたときも、あ、逆三角形だと思いました。きっとドラマをご覧になった方は驚かれたと思うのですが、激しい殺陣も、できるだけスタントは使わず、自分でやる強さがある人です。

『精霊の守り人』を書きはじめた頃、私は盛《さか》んにバルサやチャグム、タンダの絵を描いていました。頭の中に見えている彼らの顔をそっくりそのまま描けるほどの画才はないのですが、なんとなくこんな感じという印象を絵にしていたのです。当時描いたその絵を「上橋菜穂子と〈精霊の守り人〉展」会場に飾っていただいているのですが、それを観ると私にとってタンダは優しい顔のイケメンなんですね。

なのでタンダを東出昌大《ひがしでまさひろ》くんがやってくれることになったときに「そうか、東出くんだ！」と驚いてしまうくらい、しっくりきました。読者の方にはどうもタンダはガタイがいいイメージがあるみたいなんですが、私の絵を観ていただくと、ああ、なるほどと思っていただけるのではないかと。なにしろ二十年以上前に描いた絵ですから、東出くんのことは知らなかったはずなのに、あまりにピッタリで、東出タンダ、とても楽しみです。

そしてチャグムの小林颯《こばやしかい》くん、彼は本読みのときからスゴかった！　この子、天才だなと思いました。ちょっと舌足《したた》らずになるところも、とてもとても可愛《かわい》くて、ちょっと泣けてしまうような天然の可愛さでしたね。

ジグロが吉川晃司《きっかわこうじ》さん。ちっちゃい頃のバルサとのからみが楽しみです。帝がまた大変若い帝で、藤原竜也《ふじわらたつや》さん。彼が平幹二朗《ひらみきじろう》さんとあらわれただけで、もう場ができちゃう。これはスゴイなと思いましたね。さすが舞台をやっている方たちだなと。そこに木村文乃《きむらふみの》さんの二ノ妃が入ってくると、大変色っぽいシーンになるのもうれしかった。トロガイは、みなさん、驚いてください（笑）。配役を知らなかったら、あれが高島礼子《たかしまれいこ》さんだとはわからないのでは。実は私、昔から大好きな方で、もしかしてバルサをやっていただいてもいいんじゃないかってくらい、ドスのきいた声が出せる方ですよね。彼女の腹が据《す》わった感じとトロガイってシンクロする部分があると思う。

そして私にとってうれしいサプライズだったのが、ドラマ美術の世界設定の監修をやってくださっているのが、文化人類学者として大変尊敬している山口昌男《やまぐちまさお》先生の息子さん、山口類児《るいじ》さんだったこと。現場でお目にかかったとき、思わず話が弾《はず》んでしまいました。どこの国でもない、どこの文化でもない世界をつくるって、実はすごく難しい。アニメ化したときもそうでしたが、それこそ新ヨゴ国の文字も全部一からつくらないといけないわけです。

日本のような、アジアのような、でも中国でも韓国でも日本でもない、どこか。それを監修するって本当に大変だったと思うんですが、ぜひとも美術も、このドラマの大きな見どころのひとつとして楽しんでいただければと思います。

ちょっと古い話で恐縮《きょうしゅく》ですが、子どもの頃、私は「あらいぐまラスカル」というアニメが大好きでした。大人になって原作の『はるかなるわがラスカル』を読んで、だからちょっと驚いてしまったんですね。原作とアニメはちがう、でもそれぞれに素晴らしくて、今では原作も折《おり》に触れて読みかえす大切な一冊になりました。この作品も、そんなふうに原作とドラマ、それぞれに魅力があると感じていただけたら、こんなにうれしいことはありません。

この世界《は》はまだ果てしない

思春期の頃、私は一〇〇パーセントの真実がほしかった。忘れもしない、十五歳のときにつけていた日記には「みんなはアイドルがいいと言うけれど、アイドルは私生活では全然ちがう人かもしれない。それに対して『ブラック・ジャック』は描かれていることがすべてだから、漫画のほうが安心できる」と書いていました。

だけど、そう書きながらも、これでは狭いとどこかでわかっていた気がするのです。

やがて大人になる過程の中で、たぶん誰もが一〇〇パーセントの真実なんてものはこの世にはないことに気がついていき、それでも生きられる自分をつくる作業をしていくのでしょう。その作業がいかに豊かであり、いかに悲しいことかを知って、だんだんと人は大人になっていく。

だから私の描く大人たちは、みな、どこか悲しいのだと思います。決して一〇〇パーセントにはなりえない悲しさや寂しさ、そして喪失感《そうしつかん》を多く持っている大人たちです。

だけど、いっぽうに「一〇〇パーセントがほしい」と叫ぶチャグムくんのようなチビがいて、そのふたつがあってこそ、たぶん人間の欲《よく》とか生きる力が生まれるのでしょう。

『精霊の守り人』には〈サグ〉と〈ナユグ〉のふたつの異《こと》なる世界があり、『狐笛《こてき》のかなた』では〈あわい〉というものがあって、私が描く物語の主人公たちは、自分がいる世界を一〇〇パーセント知っているわけではない。自分がまだ知らない向こう側が果てしなくあるんですね。

なぜそうなっているのかと言えば、それこそが実は人生であり、それこそが実は世界であるから。もしかしたら人にとっていちばん大切なことは、自分が知っている世界がすべてではないと感じることじゃないかという気がするのです。

子どもの頃から不思議でした。なぜ人は、一人ひとりだとこんなにも通じあえたり、仲よくなれたりするのに、たかがクラスの中でもグループになってしまうとまったくちがう力関係がはたらいて、いろんなことが変わってしまうのか。やがて文化人類学を学ぶようになってからも、そのことは私にとって、とてもとても大きなテーマでした。人が群れになったとき、どんな葛藤や争いが起きるのかを知りたかった。

だからこそ「エスニシティ（民族性）」を研究しはじめたし、アボリジニのフィールドワークをするようになったのも、実はそこからです。白人の友だちとアボリジニの友だちがここではうまくやっていると思っていたのに、たとえばアボリジニの誰かがレストランに石を投げこむという事件が起こっただけで、その反応は白人とアボリジニで驚くほどちがってしまう。これはわかりやすい事例ですが、実際はもっと複雑です。そのことを直接物語に描くわけではないけれど、そこで得た経験は、物語を紡ぐときの羅針盤《らしんばん》として、とても大きな力になっていると感じています。

国際アンデルセン賞を受賞

二〇一四年、児童文学のノーベル賞と言われる「国際アンデルセン賞」を受賞。アジアで作家賞を受賞したのは、詩人のまど・みちおに続いて、二十年ぶり、ふたり目の快挙。授賞理由は「自然への敬愛が感じられること」「多様な価値観のもとで生きる複雑な世界が描かれていること」だった。

国際アンデルセン賞といえば、私にとって「ムーミン」のトーベ・ヤンソンや『ふたりのロッテ』のケストナー、あるいは『名探偵カッレくん』のリンドグレーンといったそうそうたる方たちがとっている賞なので、ノミネートされたときも自分が受賞するとは思ってもいませんでした。

うれしかったのは、授賞理由が「いかにも日本的な、エキゾチックな物語だから」ではなく、国や文化の垣根《かきね》を越えていく物語がおもしろかったと評価してくださったたことです。それを聞いたとき、文化人類学を学んで世界のさまざまなところに出ていき、そういう中で物語を描いてきたこれまでのことは無駄《むだ》ではなかったのだなという気がしました。それまで生きてきた人生の中でさまざまな寄り道をしましたが、その多くの寄り道が私に与えてくれた多くのことが、私をここまで導いてくれたのだと思います。

とりわけ印象深いのは、ウクライナの女の子がわざわざ出版社宛《あて》にメールをくれたこと。〈ウクライナでは『精霊の守り人』は出版されていないのだけれど、アメリカの友だちが送ってくれて、夢中で読みました。ものすごく好きになってしまって『闇の守り人』も読みたいのだけれど、ウクライナでは手に入りません。〉それはまるで自分が高校生のときにボストン夫人が描いた物語を、あるいはサトクリフやトールキンが描いた物語を夢中になって読んだのと同じ気持ちで、今、このとき、私が描いた物語を世界のどこかで誰かが読んでくれているかもしれないというのは、なんという喜びでしょう。

たとえば子どもの頃、アーサー・ランサムの『ツバメ号とアマゾン号』を読んだ私は、イギリスの子どもたちと一緒に物語の中でキャンプをしていました。物語を読めば、イギリス人であろうが、アメリカ人であろうが、オーストラリア人であろうが、アボリジニであろうが、まったく遠い誰かではなくて、私のすぐ隣にいて、私ももしかしたらその立場になれるかもしれない他者《たしゃ》として想像することができる。いや、〝想像〟という言葉でイメージするよりもはるかに近い。同じ匂いをかぎ、同じ味を味わい、ほとんど身体感覚と言っていいほど登場人物を近くに感じていたのです。

〈物語を読むこと〉は、つまり他者を想像することであり、他者を思いやる力そのものです。自分自身を想像することと同じくらいの深さ、同じくらいの強度で、他者を想像することが成《な》し得《え》たときに生まれる何かが、私にはとても大切に思えるのです。

初出：「上橋菜穂子と〈精霊の守り人〉展 図録」二〇一六年四月刊

著者五十三歳のとき

私が愛するジブリ作品の〝目〟そして二木真希子《ふたきまきこ》さんのこと

取材・文　「キネマ旬報」編集部

子どもの頃から親しんできたアニメのこと、そしてスタジオジブリのアニメーターであり、「守り人」シリーズの装画を手がけた二木真希子さん（二〇一六年永眠）について語ったインタビュー。

現実を広く、深くとらえる目

私が初めて大きな衝撃を受けたアニメーションは、小学生の頃《ころ》に真っ暗な体育館で観た「太陽の王子ホルスの大冒険」（一九六八）です。子どもごころに大衝撃を受け、しばらく斧《おの》を振りまわす男の子の絵をいっぱい描いていました。小さい頃は漫画家になりたかったので。

その後は、テレビの「アルプスの少女ハイジ」（一九七四）や「母をたずねて三千里」（一九七六）、そして忘れられない「未来少年コナン」（一九七八）。「風の谷のナウシカ」（一九八四）は、その〝世界を作る力〟にものすごく感動し、映画館に何回も観にいきました。

私は、高校時代に読んだイギリスの児童文学に大きな影響を受けました。たとえばトールキンの『指輪物語』であったり、宮崎駿《みやざきはやお》さんもお好きだというローズマリ・サトクリフの『第九軍団のワシ』であったり。日本の一般的なイメージからするとはたして児童文学と呼んでいいのだろうかというような、歴史の力も世界の力も大きく持っている物語。そこからあふれる、言葉で表現しようのない魂《たましい》のようなもの。高《たか》畑勲《はたいさお》さんや宮崎さんの作品は、それを持っていると思うんです。

それは思想でも、テクニックでもない。ひとことで言えないから作品にするんです。そういった意味で、「天空の城ラピュタ」（一九八六）が私は本当に好きですね。「ラピュタ」が全体で見せてくれるものは、私が物語全体で伝えるものに通底《つうてい》しているかもしれません。

宮崎さんも高畑さんも、人の暮らしを広く、深く、全体でとらえて大切に描く方々だと思います。「ナウシカ」や「コナン」のように、たとえ空想上の未来を描いていても、人の暮らしはたしかにこんなふうなのかもしれない、こんな側面もあるかもしれないと感じさせてくれるんです。「ナウシカ」で王蟲《オーム》の抜《ぬ》け殻《がら》を利用してガンシップのキャノピーを作る感覚とか。「コナン」でも、ハイハーバー（島）とインダストリア（都市）の暮らしがどう成り立っているかを、かなり細かく描いていますよね。

実は、『精霊《せいれい》の守《も》り人《びと》』をアニメ化してくださったプロダクションI．Gにも共通するものを感じるのですが、人間にとってのリアルとは何か、妥協《だきょう》のない現実に対する目ですね。私はそれが好きなんだと思います。

そしてもうひとつ好きなのが、生き物と世界の描き方。私は、人間だけのドラマが展開する物語にはさほど思い入れがなくて（笑）、人間が世界のあらゆるものの中のひとつ、という感覚に惹《ひ》かれるんです。『鹿の王』では、微生物から動物や人まで、ありとあらゆる命が生存競争し、共存する世界を描きました。「ナウシカ」も、生態《せいたい》系《けい》全体の中で人間とはどういうものなのかに目が向いています。宮崎さんは初期からずっとそういうものを描いてこられた気がして、そこには映像が持つ闊達《かったつ》な力、動きの素晴《すば》らしさが生きている。現実の風景だけにとらわれず、想像の彼方《かなた》まで入っていくような力があると思っています。

見ているのに意識していなかった、気持ちがいい動き

〝人にとっての世界は何か〟と〝世界にとっての人は何か〟。これは、似ているようでちがいます。前者を描ける人はたくさんいますが、世界を描くには後者も必要で、両者が複眼的《ふくがんてき》に混《ま》ざってくるような作品に私は心惹《こころひ》かれます。文字で書く物語では文章表現のみですが、アニメーションでは、動きや色、形、光などでそれを見せることができますよね。

その意味で、二木真希子《ふたきまきこ》さんは私にとってかけがえのない人です。二木さんがジブリ作品でたずさわられた具体的なシーンはだいぶ後で知ったんですが、そこには私が

昔、猛烈に心惹かれて何度も見直したシーンがちりばめられていたんです。「ナウシカ」で王蟲の子どもが酸《さん》の海に入るのをナウシカが止めようとするシーンや、『となりのトトロ』でサツキとメイが祈ると樹木がバァーと伸びあがっていくシーン。風に草がさざめいている場面や、風にあおられる鳥の飛び方など、二木さんはやっぱり天才だったんだと私は思います。

私は文化人類学者でもありますが、文化人類学に心惹かれたのは、異文化《いぶんか》に触《ふ》れることで、私たちの常識が絶対ではないと気づいて愕然《がくぜん》とするという、カルチャーショックがあるからです。世界の見方は決して一様《いちよう》ではない。これって実は、物語を書くときもすごく大切なことなんです。

多くの人が無意識に、その動きを見た瞬間にものすごく生々《なまなま》しく何かを感じるツボがある。でもそれに気づくのは難しいし、表現するのも難しい。たとえば、鳥が羽ばたくシーンを描いてと言われたら百人が同じような動きを描くと思う。でも、ごく稀《まれ》に、〝多くの人が、見てはいるのに、意識していない動き〟を心に留《と》めていて再現することができる人がいて、その動きは見る者に、びっくりするほどいきいきと見える。

そういう動きを描けるのが二木さんなんです。だからジブリのアニメーションには、〝見ているのに意識していなかった、気持ちのいい動き〟があるし、そういうシーンを二木さんはいっぱい描いたんだろうと思います。

絵を見た瞬間、世界が変わった

私が二木さんと出会ったのは、本がきっかけでした。『精霊の木』でデビューしたすぐ後、二木さんが描いたアニメージュ文庫の『世界の真ん中の木』という絵本を読んでびっくり仰天《ぎょうてん》して。絵が素晴らしかったのはもちろん、ストーリーが『精霊の木』とすごく似ていたんです。それで、同じものを見ているような気持ちがすると手紙を書いて本をお贈りしたところ、二木さんからもびっくりしたというお返事がきて。「次の作品（『精霊の守り人』）の挿絵《さしえ》を二木さんに描いてもらえたら夢のようだ」というような私の言葉に対して、「私も描きたい」とおっしゃってくださったんです。

猛烈にうれしくて、出版社に手紙で、挿絵はぜひ二木さんに描いてほしいと伝えました。作家になりたてで、まだ二作しか出してない人間が偉《えら》そうに、しかし熱い思いを込めて（笑）。

その後、打ち合わせで、二木さんがスケッチやイメージボードを見せてくださって、すごく多才な方だと圧倒されました。ただ、ジブリのお仕事が大変お忙しいし、仕事に妥協なさらない人で、自分がきちんとこれでよしと思うまで描きつづける人なんです。だから、とても時間がかかった。『精霊の守り人』が出版まで二年近くかかった理由はたぶん絵なんですよ（笑）。

できあがったものは、やっぱり素晴らしくて。最初に送られてきた表紙の絵を見たとき、これで私の世界は変わると思いました。大げさではなく、これぞ私の本が変わる瞬間だと。そして挿絵や素敵な章飾《しょうかざ》りもふくめて、一冊の美しい本ができたんです。この幸せは言葉では言いあらわせないものでした。本って、最初に目を引くのはタイトルと絵の力なんですよね。実際、二木さんの絵を見て、『精霊の守り人』を手に取った方はたくさんおられると思います。

「守り人」シリーズ全十二巻が出る間にはさまざまなドラマがあって、二十年間、思い出がいっぱいあります。二木さんは、動植物や自然に関する感覚がものすごくて、リアルナウシカのような人。彼女にとっては動物も人間も同じところにいたような感じがする。地図を描くときも、川の流れとか、自然環境全体が頭の中になければできない描き方をなさるんです。そのうえで非常に細部の、キーポイントになるところを彼女はいつもとらえていたんだと思います。

二木さんの目は、他の人とはまったく別のものを見ていた。他の人が気づかない何かに気づくかどうかで作品は変わる。二木さんはその力を持っていて、私の物語も支えてくれたと思います。もっともっと描いてほしかった。

彼女は、描くことに純粋な喜びを感じていたのでは、と思います。仕事って二種類あるんですよ。「しなければいけない仕事」と、「せずにはおられない仕事」。彼女は後者で生きていた気がします。喜びが絵の細部にあらわれていた。たとえば、植物って動かないイメージがあるでしょ。でも彼女はアニメーションの中で、動かない背景としてではなく、動くものとして植物を描いていた。そこに、生きている動き、見えない風が見える。私たちが日頃《ひごろ》、意識せずに感じている世界を、その生きた姿を、描くことができる人だったのだと思います。

初出：「キネマ旬報」二〇一六年七月上旬号
著者五十三歳のとき

場所の記憶

私を育《はぐく》んでくれた懐《なつ》かしい場所

取材・構成　石井千湖

壮大な物語を描く作家は、どんな場所で育ったのか。国際アンデルセン賞作家賞受賞の機に語られたインタビュー。

受賞の連絡をいただいたときは、夢を見ているようでした。翌朝、コンビニに行ったら、お世話になっている店員さんたちが「先生おめでとう、バンザーイ！」と祝ってくれてうれしかったです。デンマークの女王陛下が私のサイン本がほしいと言ってくださったそうで、初めて「Her Majesty（女王の敬称）」と書きました（笑）。

「児童文学のノーベル賞」と言われる国際アンデルセン賞の作家賞に選ばれた上橋菜穂子さん。日本人で作家賞を受賞したのは、まど・みちおさん以来ふたり目。上橋さんは、昭和三十七年、東京都で生まれた。

父と母はそのころ椎名町《しいなまち》に住んでいたようですが、私が生まれてまもなく台東区根《たいとうくね》岸《ぎし》に引っ越したんです。根岸三丁目だったと思います。両親と六歳下の弟、父方の祖母と一緒に暮らしていました。家は昔ながらの下町の棟割長屋《むねわりながや》でした。隣の家と壁を共有しているものですから、生活音が響きやすいわけです。家族は全員一階にいるのに、誰もいないはずの二階からドンドンドンと下に降りてくる足音だけが聞こえてきて、怖かったことをおぼえています。

父は洋画家なので、玄関を入ってすぐのところにアトリエがあったんです。私は絵を描いている父の後ろに座ってよく遊んでいました。静かに遊んでいたものだから、父は私が背後にいることに気づかなかったんでしょう。誤《あやま》って踏まれたことがあります。

二歳くらいのとき庭で巨大なガマを見たこと、父が自宅で開いていた絵画教室をクレヨンを握りしめながらのぞいていたこと、祖母が毎朝仏壇《ぶつだん》の前にきちんと正座してお経《きょう》をあげていたこと、母が私を押入《おしい》れの上の段にのせてからおんぶしていたこと……あとから聞いた話も混《ま》ざっているかもしれませんが、すりガラスの窓からさしこんでいた昼間の鈍《にぶ》い光や、部屋の匂い、母の背中の感触も生々《なまなま》しく記憶に残っています。

――生まれたとき心臓に雑音があった上橋さんは、体も小さく、病弱だったが、お転《てん》婆《ば》でいたずらを仕《し》掛《か》けるのが好きだった。

ある日、父の机の下に隠れて、そのまま眠ってしまいました。目が覚めたら、大騒ぎになっていたんです。ちょうど吉展《よしのぶ》ちゃん誘拐殺人事件が起こった頃《ころ》だったから、両親は警察を呼ぼうとしていたそうで、出ていったらものすごく怒られました。あのとき父と母の顔が蒼白《そうはく》になっていたことは忘れられません。

女の子っぽいものには興味がなく、テレビでは「少年忍者　風のフジ丸」や「ウルトラマン」が大好きでした。最終回でウルトラマンが死んだときは大泣きして、もう大変だったんです。そうしたら翌日、母がウルトラマンからの手紙を渡してくれました。「菜穂子ちゃん。僕は死んだんじゃないんだ。M78星雲《せいうん》に帰っただけなんだよ」と書いてあって安心したんです。何年も経《た》ってから、あれは母の筆跡だったと気づきました（笑）。

物語の楽しさを教えてくれたのは祖母です。おばあちゃんの膝《ひざ》に頭をくっつけながら、「すべったり釜《かま》のふた」という決まり文句で終わる昔話や猫が修業する話、ひいひいおじいちゃんが暴《あば》れ馬《うま》を止めた話など、いろんな昔話を聞いて育ちました。両親も物心ついた頃から絵本を読み聞かせてくれたんです。だんだん自分でも本を読むようになって。初めて自分で物語らしきものを書いたのは、小学校にあがる直前。ただ、ノートの見開きに「たろうのだいぼうけん」というタイトルと半ズボンをはいている男の子の絵を描いただけで終わりました。

昭和四十四年、上橋さんは台東区立根岸小学校に入学。同級生には九代目林家正蔵《はやしやしょうぞう》さんがいたという。

夏休みになると野尻湖《のじりこ》にある母方の祖母の家に行って、いとこたちと遊ぶのが楽しみでした。ふたつの部屋の押入れの下の段だけがひとつながりになっていて、トンネルのように潜《くぐ》れるんですよ。それを宇宙船に見立てたりして。

天井に四角い切れ目がある部屋があって、そこから何か降《お》りてきそうで怖かった。

扉《とびら》みたいなものがあると、つい向こう側にあるものを想像してしまうんです。天井の四角い切れ目は屋根裏部屋への蓋《ふた》で、ハシゴで昇り降りでき、上ってみると、叔父《おじ》が少年時代に使っていた勉強部屋があったんです。ある夏、大人たちが出かけた隙《すき》に、蜘蛛《くも》の巣がはったその部屋にひとりで入ってみました。そこでジュール・ヴェルヌの『海底二万里』を発見したんです。こんなおもしろい話があったのかと夢中になって読みふけりました。

小学校三年生の十二月、根岸から川崎市に引っ越しました。忘れもしない、テレビで「ミラーマン」の放送がスタートした日です。おかげで第一話が見られなかったので、いまだにどういう話だったんだろうと気になっています。

新しい家は一戸建《いっこだて》で、応接室にシャンデリアがついていたんですよ。そんなに派手なものではないけれど、きれいだったんです。初めて見たシャンデリアに興奮した私は、飛び跳ねているうちに、なぜか床に寝転《ねころ》がっていた弟の上に着地してしまいました。お腹《なか》を踏んだせいで、弟の顔は真っ青になって。さいわい無事だったのですが、父は息子を亡くしたかと思ったそうです。

――川崎市立井田《いだ》小学校に転校した上橋さん。あいかわらず読書に没頭《ぼっとう》していた。

父も母もよく本を与えてくれたのですが、私がお手伝いも勉強もしないで読書ばかりしているので、やがて本禁止令が出てしまいました。見つかると怒られるから、お布団《ふとん》をかぶって、中に懐中電灯を持ちこみ、薄暗い灯りをたよりに読んだこともあります。

そんな私の憧《あこが》れの人はキュリー夫人でした。小学校低学年のときに伝記を読んでから、好きで好きで。女性として初めてノーベル賞を受賞した偉大な人ですが、「没頭しすぎる」という欠点があるところに惹《ひ》かれたんです。ずっと物語を書く人になりたいという気持ちはありましたが、キュリー夫人のような学者になりたいという夢も生まれました。ほぼ同時期に母方の伯父《おじ》から「大学に行ったくらいでは勉強したことにはならない。真に学問したと言えるのは、大学院に行った人間だけだ」と言われたのも大きかった。自分は大学院に行くんだと思ってしまったんです。大学教授だった伯父に認められたいという気持ちもあったのかもしれません。

中学は私立を受験することにした上橋さん。本はますます読ませてもらえなくなった。昭和五十年、中高一貫のミッションスクール香蘭《こうらん》女学校に入学。

勉強は嫌いじゃないのですが、得意な科目と苦手な科目の差が大きくて。先生に「あなたの成績表でサーフィンができる」と言われたくらい（笑）。数学と物理が特に苦手でしたが、英語もできなかったんですよ。「キッチン」を「キットチン」と読んだりしていました。

中学二年生のとき、友人の誘いで文芸部に入ったんです。図書委員をつとめ、毎日本屋に寄り道して、読書の幅が広がりました。トールキンの『指輪物語』やサトクリフの『ともしびをかかげて』『第九軍団のワシ』など、書き手として影響を受けた作品に出会ったのもこのころ。

漫画も読むようになりました。実はうちには漫画がなかったんですよ。父が漫画嫌いで、家に持ちこむことを禁じられていたから、ひたすら本屋で立ち読みするしかありませんでした。いちばん好きだった漫画家は萩尾望都《はぎおもと》さん。特に『ポーの一族』の

「グレンスミスの日記」が大好きで。短編の中で歴史がみえるストーリーにものすごく心惹《こころひ》かれました。

いっぽうで格闘技《かくとうぎ》漫画も好きでした。自分が虚弱《きょじゃく》体質だから、強いものに憧れるんでしょう。車田正美《くるまだまさみ》さんの『リングにかけろ』の主人公がお姉ちゃんに鍛《きた》えろってパワーリストをつけて生活させられるんですよね。しばらくしてそれを外《はず》したら、すごい右ストレートを打てるようになっているという。で、私も真似《まね》をして、パワーリストを買ってつけていました（笑）。

漫画家になりたいという気持ちも芽生《めば》えたが、作品を完成させることができず、断念。高校二年生のときに書いた短編小説「天の槍《やり》」が、旺文社《おうぶんしゃ》学芸コンクールの佳作《かさく》に入選した。

「天の槍」は、新石器時代の話です。まだ長編を書くほどの構想力がなかったので、若者が初めて狩りに行って獲物を倒すという一場面だけを綿密《めんみつ》に描きました。同じ頃、文化祭で劇を上演したんです。私が原作を書いて、出演者の中には、のちに女優になる片桐《かたぎり》はいりがいました。

学校が企画した英国研修旅行でケンブリッジに行かせてもらったのも高校二年生のとき。ケンブリッジといえば、『グリーン・ノウの子どもたち』を書いたルーシー・M・ボストン夫人のマナーハウスがあるところです。大好きな作品の舞台が見たくて、私はボストン夫人に手紙を書きました。正確にいうと、私が日本語で書いた文章を帰国子女の友だちに頼みこんで英訳してもらったんですけどね。そうしたら返事が来て、「ぜひいらっしゃい」と。

『グリーン・ノウの子どもたち』は、古いお屋敷で現代を生きる少年と十二世紀の子どもたちが出会うというタイム・ファンタジーです。ボストン夫人の家は実際に一一二〇年に建てられていて、中に入ると物語に出てくるものがみんなある。扉を開けたら十二世紀という世界が、ボストン夫人にとっては日常なんだなと思いました。今と昔がひとつながりになっているという肌感覚《はだかんかく》があるんです。ファンタジーであればあるほど、そういうリアリティが大切なんだとわかりました。

たとえば田舎《いなか》のおばあちゃんちに行くと、縁側《えんがわ》に節穴《ふしあな》が開いているんです。その穴から下をのぞくと、ちがう世界が見えるような気がしました。空き部屋の衣装ダンスがナルニア国につながっているように、異世界《いせかい》の扉は家の中にあるものなのかもしれません。

昭和五十六年、上橋さんは立教《りっきょう》大学文学部に進学。もともとの専攻は歴史学だったが、文化人類学の道に進んだ。

中学・高校時代にサトクリフの歴史ファンタジーを読んだとき、異《こと》なる価値観を持つ人びとが葛藤《かっとう》しながら共生していく姿に魅了《みりょう》されたんです。で、自分の知らない多様な文化を学べるのは、文化人類学なんじゃないかなと。

もうひとつの理由は、自分の家を出ていきたかったから。私はそもそも自分の巣穴に閉じこもって、本を読んだり、美味《おい》しいものを食べたり、ぬくぬくとしているのが好きな人間なんです。面倒くさがりで、新しいことも怖いこともできればしたくない。

文献中心の歴史学を選択してしまうと、そんな自分を変えられない。自分の背中を蹴《け》飛《と》ばす意味でも、フィールドワークが必須《ひっす》の文化人類学を選ぼうと思ったんですよ。

大学時代に初めて千枚の長編小説を書きあげたが、読者は親友と弟のふたりだけ。大学院に進んでから五百四十枚の比較的短い作品を書きあげたので、思いきって偕成社《かいせいしゃ》に送った。

当時『火の王誕生』（浜《はま》たかや著）という長編ファンタジー小説を出していた偕成社の編集者に、自分の書いたものを見てもらいたいと思ったんです。本にしたいという返事をいただいたのは一年後でした。それまで何の音沙汰《おとさた》もなかったので、私は博士課程に進むことを周囲に明言していたんです。

デビュー作の『精霊の木』が出たのは二十六歳のとき。印税《いんぜい》はオーストラリアのアボリジニの調査をするための資金として使いました。必然的に研究者と作家の二足のわらじを履《は》くことになりましたが、よかったと思います。一冊本が出たからといって食べていけるような甘い世界ではないし、私は量産できるタイプではありませんから。

アボリジニは長い間調査対象にされてきたので、学者を気安《きやす》くは受けいれないと聞いていました。どうやって接触したらいいか悩んで、三か月間、オーストラリアの小学校に赴任《ふにん》して、日本語や日本文化を教えるプログラムに申しこみました。事情を話して、アボリジニのいる小学校に派遣してもらったんです。いろんな家にホームステイして、白人のお隣さんとして暮らすアボリジニの姿を見られたことは、貴重な経験でした。

大学で助手をしながら、フィールドワークがない春休みと冬休みに集中して小説を書きました。ある日、レンタルビデオの予告で「炎上寸前のバスの中から、エキストラのおばさんが少年の手をひいて降りてきた場面」を見たときに、おばさんが幼い男の子を守って戦う話が書きたいという気持ちがわきおこりました。それから三週間くらいで書きあげたのが『精霊の守り人』です。子どもたちが読者になる物語で三十代の女用心棒《おんなようじんぼう》を主人公にした小説というのはめずらしかったようですね。

その後、女子栄養大学に勤めることになり、埼玉県鶴《つる》ケ島市《がしまし》に転居したんです。六畳の部屋がふたつと四畳半の部屋がひとつあるアパートを借りました。親元から独立して、この生活をひとりで支えていると思うとうれしかったです。そこに住んでいたのは十年くらいかな。次は千葉県の我孫子市《あびこし》に引っ越しました。３ＬＤＫの賃貸マンションで、別に仕事場も借りました。

『精霊の守り人』から始まる「守り人」シリーズは累計三百六十万部、もうひとつの代表作『獣《けもの》の奏者《そうじゃ》』は累計二百十五万部を突破（二〇一四年当時）。アニメ化され、海外でも翻訳されていて、読者は世界中に広がっている。

ベルリンの小学生が『精霊の守り人』を劇にしてくれたときはうれしかったですね。国際アンデルセン賞の審査員の方も、ほとんど母国語で読んでくださったようです。執筆中《しっぴつちゅう》、息抜きをしたいときは、アメリカやイギリスのテレビドラマを見ます。『精霊の守り人』のときは「Ｘファイル」にハマっていました。最新シリーズが出る日は、レンタルビデオ屋の開店前に並んだ記憶があります。他の人に一巻をとられてしまったので、悔《くや》しくて二巻を借りました（笑）。

この春『鹿の王』という長編小説を書きおえました。ウィルスに関する本を読んでいたときに、人間の体ってひとつの森みたいだなと思ったのが発想のきっかけ。ある病《やまい》を得た男と、医者の人生がタペストリーのように絡《から》みあう物語です。

初出：「新・家の履歴書―上橋菜穂子」を改題　「週刊文春」二〇一四年七月三日号

著者五十一歳のとき

銀座《ぎんざ》が近くなりにけり

身近な街に落ちつく街、なかでも子どもの頃どこか遠くに感じていた銀座の「街の肌合い」を洒脱にとらえたエッセイ。

教師を目指している学生さんと一緒に、小学校低学年の子どもたちに地図について教える授業の教案《きょうあん》をつくってみたことがあります。

これが地図ですよ、と教えるより、自分の家から小学校までの道すがら、あのお店があって、このお店があるよね、ここには交番があるでしょう？　などと話しながら、それが、こんな記号であらわされているのよ、と教えるほうが、はるかにわかりやすく、実感として覚えられることを話しながら、ふと、そういえば、小学校低学年の頃《ころ》は、世界はこのくらいの広さだったのだなぁ、と、可笑《おか》しいような、懐《なつ》かしいような気持ちになりました。

十一歳まで、東京の下町根岸《ねぎし》に暮らしていた私にとって、幼い頃の世界は、家と小学校、よく遊びにいく親戚の家、母と一緒に買い物に行くお店などでした。今も目に浮かぶのは、小学校へ通う途中にあったウナギ屋さんで、料理人さんが、器用《きよう》にウナギを捌《さば》いては、さっと俎板《まないた》を水で洗い流していた光景をはっきりと覚えています。お煎餅屋《せんべいや》さんの店先にあった、まあるいガラスの容器と焦《こ》げた醤油の香ばしい匂い、夏の夕暮れどき、路地に漂《ただよ》う蚊取り線香の匂い……。そういう下町育ちの私にとって、夏休みになると遊びにいく長野県野尻湖《のじりこ》のそばの祖母の家などは、もうほんとうに、「うんと遠く」だったのです。

なじみの街といえば、もちろん近所ばかりで、ほおずき市《いち》などに連れていってもらった浅草《あさくさ》や、恐《おそ》れ入谷《いりや》の鬼子母神《きしもじん》などは、少し遠い感じのする場所でした。

そんな子どもの頃、距離の遠近とは少しちがう、なんというか、「街の肌合《はだあ》い」が異《こと》なるように感じていた場所がありました。それが、銀座です。

父が洋画家なもので、幼い頃から「銀座」という名前はよく耳にしていました。母は、品《ひん》がいい綺麗《きれい》なものが好きな人で、よく私の手をひいて、銀座のデパートに連れていってくれたものですが、慣《な》れ親《した》しんでいる下町のあれこれとはちがって、銀座の街は、何度行っても肌になじむということのない、どこか遠い街でした。

今は結構《けっこう》好きなデパートめぐりも、子どもの頃は大の苦手で、母がまた、買い物に夢中になる人なので、洋服などをあれこれ選んでいる母の姿が買い物客の陰に隠れてしまったときの、あの胸が、すん、とするような心細さは、今もはっきりと思い出せます。その心細さと、銀座の街の「遠さ」が、心の底でつながっていたのかもしれません。

おいしいお子様ランチを食べさせてもらい、ちょっと高級なオモチャも買ってもらえて、楽しい時間を過ごしたはずの銀座なのに、あのころはどうも、よそよそしさをぬぐえぬ街だったのです。

やがて、東横線《とうよこせん》の日吉《ひよし》に近い丘の上に引っ越し、香蘭《こうらん》女学校に通うようになると、自由《じゆう》が丘《おか》が親しい街になり、立教《りっきょう》大学に進むと、池袋《いけぶくろ》や渋谷《しぶや》が「私の街」になっていきました。

居心地《いごこち》のいい喫茶店などに腰を落ちつけて、おいしいミルクティーなどを飲みながら、好きな本を読むひとときの幸せを覚えたのも大学生のころですが、そういうひとときを楽しむにも、学食のカツ丼をたぬき蕎麦《そば》に変えたら文庫本が一冊買える、などというせせこましいことを考えていたあのころの私には、銀座は、自分の身《み》の丈《たけ》にあわぬ、遠い街だったのです。

銀座の松屋《まつや》デパートで父が個展をおこなったときなどは、数日おきに銀座に通ったものですが、それでも、不思議に街が近い、という感覚にはならず、やっぱり横浜《よこはま》や自由が丘のほうが落ちつくなぁ、などと思っていたものでした。

銀座が、いっきに身近な街になったのは、恋人と出会ってから。月並《つきな》みですが、銀座四丁目交差点の、和光《わこう》の前で待ちあわせて、銀《ぎん》ぶらを楽しんだあと、おいしい肴《さかな》を出すお店などでゆっくりと過ごすというのが、私たちの定番のデートコースでした。

この街は、築地《つきじ》や有楽町《ゆうらくちょう》から意外に近いのだ、と、いまさらなにを、と笑われそうなことを知ったのもそのころで、料理屋で見事にお造《つく》りになった魚を食べながら、あのざっかけない築地の街のお魚も、わずかな距離を渡って、銀座に届けられるやいなや、ひょいと、オシャレなお造りに変身するのだな、と、可笑しくなったりしたものです。

文具の伊東屋《いとうや》をひやかし、鳩居堂《きゅうきょどう》で便箋《びんせん》などを買い、教文館《きょうぶんかん》で本を探す。ああ、心地いいな、と、銀座の街を歩きながら感じるようになっていました。

銀座に出る機会があるとき、必ず行くのが教文館で、とくに児童書専門の「ナルニア国」には、ほかに用事があるときでも、まずはちょっと寄ってみなければ気がすまないほど、お気に入りの書店です。

書店には、それぞれ個性があるものですが、「ナルニア国」は、さほど広くない売り場スペースなのに、どこか風通しのいい、それでいて、温《あたた》かな、ほっとするようなやさしさを感じます。いま売《う》れ筋《すじ》の、という本だけではなく、いやぁ、これはまた、なんとも地味《じみ》な……と思われるような本も、しっかりと存在感をもって並べられていて、そういう、書店員さんたちの心の姿勢を見るたびに、なんだか、とてもうれしくなってくるのです。

作家になり、夜の銀座を、編集者さんたちと歩きながら、ふと、いつのまにかこの街が、肌のあう、近しいものに変わっていることに感慨を覚えたことがありました。

下町が世界のすべてだった幼い頃から、気づけば、四十年以上。人は、きっと、こんな瞬間に、自分の地図が思いがけず広くなっていたことに気づくのでしょうね。変わったのは街ではなく自分で、人はみな、こんなふうに自分がなじめる世界を変えながら生きているのでしょう。

初出：「銀座百点」（726号）二〇一五年五月
著者五十二歳のとき

文化人類学者と作家の狭間《はざま》で

カミを見る目が変わるとき

文化人類学を学び、フィールドワークをすることと、物語を書くこと。『月の森に、カミよ眠れ』創作舞台裏エッセイ。

数年前、『月の森に、カミよ眠れ』（偕成社・一九九一年）という物語の最初の構想が浮かんだとき、私は『ばちを当てる畏《おそ》ろしいカミ』を描こうと思っていた。カミを侮《あなど》り欺《あざむ》いた結果、自然災害としての罰が降りかかる話を思いえがいていたのだ。

ところが、ある経験を境《さかい》に、そういう結末を書けなくなってしまった。そして、気がつくと物語は、リアリティを失い力を失って見えなくなっていくカミと、カミと人との狭間《はざま》で悩む人びとの話になってしまっていたのだ。……なぜ、そんなふうに変わってしまったのか。ちょっとまわりくどくなってしまうかもしれないけれど、そんな話をしてみたいと思う。

私は、文化人類学を学んでいて、現在はオーストラリアで、先住民アボリジニに彼らの『今』について教えていただくことを研究のテーマにしている。そういうことに興味をもったのは、彼らの『法』についての本を読んで強く心をひかれたからだった。

イギリス人が植民《しょくみん》を開始する前、彼らは、『法』と呼ばれる、森羅万象《しんらばんしょう》（精霊もふくめた）すべてに関わる壮大《そうだい》な秩序に従って生活していたという。それは現代の法律のように人間社会の秩序を守るためだけのものではなく、宇宙の現象《げんしょう》すべてに関わるものだった。

彼らの儀礼《ぎれい》は、人のために獲物や作物をふやしてくれとカミに願う豊饒《ほうじょう》の儀式ではなく、極端にいえば、森羅万象が在《あ》るとおりにきちんとまわってさえいれば、この世は変わらないのだという意識からおこなわれたものだったらしい。だから、ハエやカが正しい時期にふえるようにおこなう儀礼さえあったという。

そういう話を読んだとき、私はしごく単純に感激してしまった。これこそが、四万年以上ほとんど自然環境を損《そこ》なうことなく、狩猟採集《しゅりょうさいしゅう》で生きてきた彼らの生活規範《きはん》だったのだ。こういう法を全人類が選択していれば、破滅《はめつ》に向かって、うなりをあげて突きすすんでいる、なんてことはなかっただろうになぁ、と思ったわけである。

……そういう単純な感激に、ある経験が、ざばっと冷水をあびせてくれた。

アボリジニというと、ブーメランを投げ、沙漠《さばく》で虫などを食べているイメージがある。テレビでも「今でもこんなもの食べてる！」式の番組で登場するので、そういう印象のみがクローズアップされているが、実際は、伝統的な生活や言語をある程度でも守って生きている人びとは少数派で、多くのアボリジニたちは植民後約二百年の歴史の中で白人と混血《こんけつ》し、言語や慣習をほとんど失い、都市や田舎《いなか》の町などで暮らしている。私は、大都市や田舎町、沙漠の中のコミュニティとさまざまなところにおじゃましたが、都市のアボリジニの小学生から、学校で習ったからアボリジニの言葉を教えてあげると言われたことがある。この子たちにとって母語《ぼご》は英語であり、祖先《そせん》が話していた言葉はもはや、学校で紹介される程度のものでしかなくなってしまっているのだ。

私が最初に滞在した町は、人口わずか四〇〇人たらずの小さな田舎町だった。その町の小学校では、混血のアボリジニ生徒の母親たちが、先生のアシスタントとして働

郵便はがき

料金受取人払郵便

牛込局承認

8554

差出有効期間
2018年11月30日
（期間後は切手をおはりください。）

162-8790

東京都新宿区市谷砂土原町 3-5

偕成社 愛読者係 行

ご住所	〒□□□-□□□□ 都・道 府・県 フリガナ	
お名前	フリガナ	お電話 ★目録の送付を［希望する・希望しない］
メールアドレス	※新刊案内をご希望の方はご記入ください。メールマガジンを配信します。 @	

本のご注文はこちらのはがきをご利用ください

ご注文の本は、宅急便により、代金引換にて１週間前後でお手元にお届けいたします。本の配達時に、【合計定価（税込）＋代引手数料 300 円＋送料（合計定価 1500 円以上は無料、1500 円未満は 300 円）】を現金でお支払いください。

書名		本体価	円	冊数	冊
書名		本体価	円	冊数	冊
書名		本体価	円	冊数	冊

偕成社 TEL 03-3260-3221 ／ FAX 03-3260-3222 ／ E-mail sales@kaiseisha.co.jp

＊ご記入いただいた個人情報は、お問い合わせへのお返事、ご注文品の発送、目録の送付、新刊・企画などのご案内以外の目的には使用いたしません。

★ ご愛読ありがとうございます ★
今後の出版の参考のため、皆さまのご意見・ご感想をお聞かせください。

●この本の書名『　　　　　　　　　　　　　　　　　　　　　　　　』

●ご年齢（読者がお子さまの場合はお子さまの年齢）　　　　　歳（ 男 ・ 女 ）

●この本のことは、何でお知りになりましたか？
1. 書店　2. 広告　3. 書評・記事　4. 人の紹介　5. 図書室・図書館　6. カタログ
7. ウェブサイト　8. SNS　9. その他（　　　　　　　　　　　　　　　　）

●ご感想・ご意見・作者へのメッセージなど。

ご記入のご感想を、匿名で書籍の PR やウェブサイトの感想欄などに使用させていただいてもよろしいですか？　〔 はい ・ いいえ 〕

●新刊案内の送付をご希望の方へ：恐れ入りますが、新刊案内はメールマガジンでご対応しております。ご希望の方は、このはがきの表面にメールアドレスのご記入をお願いいたします。

＊ ご協力ありがとうございました ＊

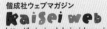

いており、気さくな彼女たちが、私にとってはアボリジニについて教えてくださる大切な先生だった。

彼女らは十数単語しか伝統言語を知らず、キリスト教徒だったが、おおぜいの親族と強い絆《きずな》で結ばれているなど、やはり白人社会とはやや異《こと》なった人間関係を持っていた。それでも、もう精霊などは信じていないと笑い、新聞を片手にアル中の夫の愚痴《ぐち》をこぼしあう彼女らは、私には、もはや例の伝統的な『法』とはほとんど関わりのない人びとに見えていた。

その彼女らの親族のひとりに、純血《じゅんけつ》の真っ黒い肌のおじさんがいた。彼はこわそうな外見とは裏腹《うらはら》に、とても内気な気のいい人で、二歳の姪《めい》っ子《こ》のお守りをしがてら、しょっちゅう学校に遊びにきていた。私にも優しくて、数か月町を離れることになったときには、またもどっておいでと、町に一軒しかない小さなホテルで、パブにいる仲間たちにからかわれながらディナーを奢《おご》ってくれたりもした。……その彼が、ふいの心臓発作《ほっさ》で亡くなったことを知ったのは、別の町での数か月の滞在から帰ってきたときだった。そして、その死が、この町に住むアボリジニたちの心の中に残る、『法』

のかけらを浮かびあがらせたのである。

アボリジニは、伝統的な意識の中では、土地と非常に強く結びついている。この土地は、売り買いできるような表面的な土地ではなく、人の魂《たましい》が属《ぞく》しているとされる世界そのものをさす。民族運動として重要な土地権運動《ランド・ライツ・ムーブメント》については知っていたが、そういう意識は伝統文化がリアリティを保《たも》っているところか、政治意識が強いところで表出してくるもので、この町のアボリジニたちには、実際はあまり関わりのない意識だろうと思っていた。しかし、彼の死が浮かびあがらせたものは、その伝統的な土地への帰属《きぞく》意識の問題だったのである。

彼は生前、死んだら故郷ではなく、三十年以上も暮らし、仲のよい友人も埋葬《まいそう》されているこの町の墓地に埋めてほしいと言っていた。この町のアボリジニたちは、その願いをかなえてやりたがっていた。しかし、彼の故郷の親族たちは、彼は彼の属する土地に埋葬されねばならないと主張して譲《ゆず》らなかったのである。苦しんだのは、この町のアボリジニだった。……議論の末、彼の遺体は二〇〇キロも離れた故郷へと運ばれていった。彼は自分の望むところで眠ることを許されなかったのである。

こういう伝統法の厳しさについては、知識としてはよく知っていた。個人の人権の尊重という思想とはあいいれない『法』の厳しさが、自然環境を守ってきたのだと私は考えていた。……けれど、ホテルで、はにかみながら食事をしていた彼の顔を思い、その死を思うと、ふいにドンッと壁に突きあたったような激しい衝撃を感じずにはいられなかった。

同時に、個人の感情や人権を大切にする白人社会で日常を暮らしながら、ときに、伝統意識とぶつかりあわねばならないこの町のアボリジニたちの不安定さ、苦しさに愕然《がくぜん》とした。かつて、まわりの人全員が同じ『法』の中で生活し、同じ制約《せいやく》や常識を持っていたときには、さほど感じなかったことが、今ふたつの世界の狭間にいる彼らには、ひどく苦しいことになってしまっているのではないか……。

『月の森に、カミよ眠れ』を書いていたときに、私の頭にあったのはそのことだった。古代、集落《しゅうらく》の社会と、朝廷《ちょうてい》が支配するもうひとつの社会との狭間で生きなければならなくなった人びとにとって、かつて自分たちを律《りつ》していたカミガミの制約が、ふいにとてもつらいものに感じられるようになりはしなかったか……。

特に、カミは常人《じょうじん》の目には見えない。声も聞こえない。大蛇などの異様《いよう》なモノの中に、それを感じることはあったとしても、基本的には、全員がそれがカミであるとたしかに認識できるものではない。にもかかわらず、自分が思っているカミを、他の人もそう思っているだろうと皆が思いこんでいる不思議な存在である。それだけに、当時の隼人《はやと》の社会のように、都を見、異なる世界の常識を知った男たちと、かつてのまま暮らしている人びとという、ふたつの異なる認識がぶつかりあったとき、きっとものすごい混乱と苦しみが生じたにちがいない……そう思ったのである。

カミを描くことは、世界観を描くこと。そのとき、その人びとがどんな目で、どんな思いで世界を見ているかを描くことだと思う。

私たちは、歴史に立ちあらわれた数々のカミと現在の世界中の人びとのカミを情報として知ることができる。そのために、その広大な視野に人びとはとまどい、カミを相対化《そうたいか》しすぎた結果、科学という新たな世界観を拠《よ》り所《どころ》とするようになった。しかし、この科学さえ相対化できることに気づきはじめた今、人びとは今度は何を拠り所にして世界を見るようになるだろうか。……そんな理屈《りくつ》を考えながら、実は心の底で、「理屈で考えてたら、カミは決してわからないよ」と囁《ささや》く声が聞こえている。

初出：「日本児童文学」一九九二年八月号
著者三十歳のとき

ご近所のアボリジニ

一九九六年、著者がフィールドワークをしていた町で起きたある事件。そこから考えるアボリジニの歴史と現在をつづったエッセイ。

金曜の真夜中の大騒動

今年の八月二十三日金曜日の真夜中、私がフィールドワークをしていた、西オーストラリア州中西部のジェラルトンという小さな町で、ある事件が起きました。町の中心部にあるパブのガラスが、アボリジニの少年たち数十人の投石《とうせき》によって、メチャメチャに割られてしまったのです。

中で酒を飲んでいた人びとは、台所に逃げこみ、手に手に料理用ナイフなどを持って武装してふるえていたこと、この町の人びとは、たびかさなるアボリジニの若者の犯罪に、いいかげんうんざりしていることなどを、翌朝のニュースは報《ほう》じていました。

その朝、私は、アボリジニの友人ローラの家を訪ね、昨夜の事件の噂話《うわさばなし》に花を咲かせました。彼女は今年三十九歳。息子と姉と夫（籍《せき》は入っていない）と暮らし、教師業で一家を養《やしな》う大黒柱《だいこくばしら》です。

「昨日の話、聞いたかい？」

ローラの夫のトムが、紅茶を入れてくれながら、話しかけてきました。

彼は四十八歳で、現在失業中。ニコニコと穏《おだ》やかな表情で、料理から掃除までこなす彼は、かつてはオーストラリア中を転々としながら、牧童《ぼくどう》や道路工事人夫、アボリジニのコミュニティの医療補助員など、さまざまな仕事を経験し、暮らした土地ごとに、五人の妻と七人の子どもがいるというツワモノです。

「聞いた聞いた。ずいぶん派手にやっちゃったみたいね。」

「そうなんだ。……でも、あの事件の本当の原因は、知らないだろ？」

言われてみて初めて、今朝のニュースでは、アボリジニの少年たちが投石した理由については、何も触《ふ》れていなかったな、と気がつきました。

「あれはね、アボリジニの少女が、酒を飲んでいた白人に襲《おそ》われそうになって、仲間の少年たちのところへ逃げこんだのが原因なのさ。その白人が、あの店へ逃げこんだもんで、追いかけてった少年たちが投石したんだよ。」

真夜中の事件から、まだ数時間しかたっていないのに、いったいどうやって？　と不思議に思うほどのスピードで、この「本当の原因」の話はジェラルトン中のアボリジニに伝わったようで、トムやローラとは縁《えん》もゆかりもない、別のアボリジニの家でも、まったく同じ話を聞かされたのには、驚きました。……そして、この小さな町に暮らす、アボリジニと白人との間に横たわる深い溝《みぞ》を、つくづくと思い知らされたのです。

「自然の民《たみ》」と「近所の厄介者《やっかいもの》」

アボリジニ（オーストラリアの先住民）の現状は、大陸のどこに住んでいるかによって、ずいぶんと異《こと》なります。気候が温暖で農業に適《てき》していた南部は、白人が最も早く入植《にゅうしょく》をはじめたところなので、そこを生活の地としていたアボリジニたちは、二百年もの間、白人の政策に翻弄《ほんろう》されつづけてきました。

アボリジニ、と言われてパッと浮かぶ、漆黒《しっこく》の肌の狩人《かりゅうど》のイメージを、今も、多少なりとも保《たも》ちつづけている人びとは、大陸の北部の熱帯雨林地域や中央部の沙漠《さばく》地域などを生活の場としてきた人びとなのです。

「アップ・ノース（極北部）のアボリジニは、素晴《すば》らしい文化を持った人びとだよ。自然の民だ。……だが、町に住んでいるやつらは、クズだよ。おれたちの血税《けつぜい》を使って飲んだくれてる、トラブルメーカーさ。」

これは、白人たちから、実によく聞かされる言葉です。

辺境《へんきょう》に住むロマンの香り高い「自然の民」と、ご近所に暮らす「厄介者」。……しかし、ご近所に住むアボリジニが、なぜ、貧困と犯罪の悪循環《あくじゅんかん》から逃《のが》れ得《え》ないのか――その背景にある歴史を知る人は、多くはないのです。彼らが語ってくれた思い出の断片から、この町のアボリジニの歴史を駆《か》け足《あし》でたどってみましょう。

ステーションの日々

ジェラルトンに本格的に入植が始まったのは、一八五〇年代。それまで野生食糧の宝庫だったブッシュは、あっという間《ま》に農場と牧場《ステーション》に変わり、この地域に暮らしていたアボリジニたちは、狩猟採集《しゅりょうさいしゅう》では暮らせなくなってしまいました。生きのびるために、彼らが選んだ道は、白人の牧場《ステーション》に家族ぐるみで住みこみ、牧場の雑多《ざった》な仕事をこなす労働者になることでした。

「私たちは、生まれた土地に魂《たましい》が結びついているんだ。だから、白人がそこを牧場《ステーション》にしちまっても、そこで暮らしたかったのさ。」

現在六十代以上の人びとには、牧場《ステーション》生まれの人が大勢います。

「木の枝を組んだ、粗末《そまつ》な小屋で暮らしていたよ。牧場主にもらった毛布か、カンガルーの毛皮にくるまって眠ってた。夜明けから日が暮れるまで働いても、お金なんか一銭《いっせん》もくれなかった。食糧と服だけさ。小麦粉、砂糖、紅茶。……私のところの牧場主の奥さんはケチでね。自分たちが飲んだ後の紅茶の葉を乾かしておいて、『はい、お茶よ』ってくれたもんさ。」

「馬に乗れるくらいの年になれば、子どもだって働かされた。五歳ぐらいのとき、落馬したら、白人の牧童に鞭《むち》で殴《なぐ》られた。タフな時代だったよ。」

隔離《かくり》と同化《どうか》の強制の時代

一九〇五年から、州政府が、保護強制隔離《ほごきょうせいかくり》政策を始めます。「原住民」を白人社会から隔離し、混血の子どもたちを強制的に施設《ミッション》等に収容して「白人化」しようとしたこの政策が、アボリジニの文化伝承を根底から断《た》ち切《き》ることになりました。

「なんで、部族の言葉を子どもに伝えなかったかって？　怖かったからさ！　私の長男と長女は、福祉局の役人が施設《ミッション》へ連れ去ってしまった。泣いて抵抗したけれど、どうしようもなかったよ。役人は、もし、私らが、子どもたちに『原住民の生き方』を教えたら、ほかの子どもたちも施設《ミッション》に連れていくぞって言ったんだよ。だから、私たちは、牧場《ステーション》を離れて、子どもたちを学校にやるために町に出たんだよ。

これ以上、子どもを連れ去られないようにね。」

「当時は、白人の男たちがアボリジニの女を自由にしていたのさ。だから、わしは色がうすい。わかるだろ？

わしの兄たちは施設《ミッション》に連れ去られてしまったが、わしは、すばしっこかったから、役人が来たらブッシュに逃げこんで、夜中まで帰ってこなかった。だから、わしは子どもの頃《ころ》から、長老たちに儀式《ぎしき》について教えてもらえたのさ。色が白い子は連れていかれちまうから、親たちは、子どもの顔に、泥《どろ》と蜂蜜《はちみつ》を混《ま》ぜた物を塗《ぬ》りたくったもんさ。」

こんなふうに混血の子どもを「原住民」の親から隔離する一方で、「原住民居留地《ネイティブ・リザーブ》」が作られ、彼らの生活の場は、白人の町から隔離されました。

「政府がリザーブに建てたのは、ブリキの小屋でね。法律で、アボリジニはホテルにも行けないし、飲酒も禁じられてた。夜間外出禁止でね、夕方六時以降は町にいられなかった。

それでも、男たちが酒びたりになることもなく、一生懸命働いて、家族を大事にしてくれたあの頃は、今よりもましかもね。」

市民になって……

一九六七年、アボリジニは国民として人口統計にふくまれるようになりました。つまり、それまでは「人」ではなかったのです。……けれど、市民権を得たことが、皮《ひ》肉《にく》にも、彼らの新たな苦しみの種を生みだすことになってしまいました。

「牧場主たちは、おれたち全員に、平等の給料を払える余《よ》裕《ゆう》なんてなかったのさ。で、いっせいに首を切られちまった。でも、学歴もなく、農場や牧場の手伝いしか技術のないおれたちに、町で、何ができる？」

失業したうえに、飲酒が解禁となり、白人と同じ社会保障を受けられるようになった……。これが、失業手当《てあて》で暮らし、酒で憂《う》さを晴らす人びとを生みだした大きな要因なのです。

八月の事件の後、ジェラルトンでは、十代の若者の夜間外出禁止が検討されはじめました。かつての差別を思いだして、これに反対するアボリジニもいましたが、逆に賛成する声もありました。

「両親が酔っぱらってて、家にいてもつまらないから、子どもたちは外をうろつくのよ。でも、うろついてても、問題は解決しないわ。どこかで悪循環を断《た》たなくちゃね。」

ローラが、穏やかな口調で言った言葉が、今でも耳に残っています。

「私たちは、自分たちの言葉も、部族の知識も失ってしまった。でも、自分たちが生きてる、この生き方がアボリジニの文化だ、って誇れるようになりたいね……。」

※文中の氏名はすべて仮名です。

※文中「原住民」という表現がありますが、当時の差別意識をあらわすための表記です。

初出：公益財団法人ユネスコ・アジア文化センター一九九六年十月

著者三十四歳のとき

「物語の力」を感じるとき

あるアボリジニ女性が語った不思議な話。そこから感じた、人をつき動かす「物語の力」についてのエッセイ。

「私の息子は小人を見たことがあるのよ。五歳くらいのときにね。ある夜、目をさましてトイレに行って、寝室にもどろうとしたとき、家の中で小さな男と出会ってしまったの。長い髪と長いひげをはやして、赤い目をした子どもくらいの小さな男を……。」あるアボリジニ女性から、こんな話をされたことがある。小人の話をしている彼女の目の輝きは、私の「文化人類学者の部分」と「作家の部分」の両方を、ちくちく刺激してくれた。

アボリジニの世界観は実に魅力的で、精霊がさまざまな形で登場してくる。こういう世界観を、今も実際の生活の中で、いきいきと伝えているアボリジニもいる一方で、白人社会への同化《どうか》政策を経《へ》たために、「ドリーミング」と英訳されるような独特の神話的思考や儀礼《ぎれい》などとは、すでにほとんど縁《えん》のない暮らしをしているアボリジニもまた、多くいる。

前記の彼女も後者のアボリジニだったので、文化人類学者としての私は、「ウダージ・マン（呪術師《じゅじゅつし》に仕える魔力を持った小人）」が、こういう形で町暮《まちぐ》らしのアボリジニの間でもイメージされ、息づいていることに興味を覚えたのだった。

一方で、作家としての私は、「不思議な話」を語る彼女の表情に刺激されていた。失業中のボーイフレンドのことや、日々の暮らしのことを話しているときとは、まったくちがう、いきいきとしたその表情に。

小人や精霊が登場するファンタジーは「逃避《とうひ》手段」として批判されることがあるけれど、彼女のように目を輝かせて「不思議な話」をする人を見るたびに、私は、そういう意識ではとらえきれない「物語の力」を感じる。これには、分析のために静止させると消えてしまうような混沌《こんとん》とした部分があるので、とても短いスペースでは語りきれないけれど、ファンタジーを書いている作家としては、自分をつき動かしてやまない「物語る」衝動の正体を垣間見る《かいまみ》瞬間がおとずれるたびにわくわくしてしまうのだ。

不思議な小人の話は、たしかに、ボーイフレンドの失業状態を救ってはくれないし、現実の日常生活を変えることもない。けれど、たとえば、こういう話に心を躍《おど》らせる自分を感じたとき、彼女は、白人の質の悪いコピーなどではない、「豊かな文化伝統を受けついだアボリジニとしての自分」を強く実感していたのかもしれない。

人の心をつき動かす物語には、瞬時《しゅんじ》に、「自分」と「自分をとりまく世界」を異化《いか》し、まるで、稲妻《いなずま》が、闇《やみ》の中から、つかのま世界を浮かびあがらせるように、普段《ふだん》は認識することのできない「生きている自分」を感じさせてくれる、そんな力がある。あるいは、真夏の盛《さか》りに、一瞬、汗をさらって吹きぬける、そよ風のような力が。

風が吹きすぎれば、また、じっとりとした蒸《む》し暑《あつ》さがもどってくるけれど、その風を感じた瞬間に、あたりがちがって見えて、「ああ、生きかえるなぁ」と心底思う。

風が吹く前と後で、なにが変わったとはっきり人に伝える言葉は見つからないけれど、また、照《て》りつける太陽の下を歩く力をたしかに与えてくれるもの。

私が感じている「物語の力」というのは、たとえば、そんなものだ。

初出：「東京新聞」二〇〇一年二月十五日
著者三十八歳のとき

時の流れに気づくとき

大学での授業中ふいに気づいた、世代によって異なる、言葉の意味のとらえ方。時の流れの不思議を書いたエッセイ。

「月の沙漠《さばく》」という歌をご存知だろうか。私はこの歌を聞くと、幼い頃《ころ》、母に歌ってもらった思い出がよみがえってくる。この歌と、幼い頃の記憶が結びついている方は多いはず……と、思っていたのだが、つい最近、それがそうでもないことを思い知らされた。

オセアニア地域研究というゼミで雑談《ざつだん》をしていて、歌が、いかにステレオタイプのイメージをつくるか、という話になり、「南の島の大王は……」というハメハメハの歌の話で盛りあがったときのこと。「そういえば、『月の沙漠』も、そういうステレオタイプのイメージをつくるよね」と言ったとたん、学生たちが、きょとんとした顔になってしまったのだ。

「……もしかして、知らないの、『月の沙漠』？」と、聞くと、なんとゼミ生全員が「知りません」と、答えるではないか。

信じられなくて、つい「月の〜沙漠を〜」と、歌ってしまったのだけれど、それでも誰も聞いたことすらないというのである。誰もが知っている歌だと思っていた私の感覚が、現代っ子には通用しないのだと気づかされた瞬間であった。


こういうことは、世代がちがう人びとと触《ふ》れあって暮らしていないと、まず、気づくことがないことかもしれない。「そろそろ大学の教員をやめて、作家業に専念《せんねん》しませんか」と、最近よく言われるけれど、先生業というのは、こういうふうに、時代の変化をリアルタイムで感じることができる、おもしろい職業でもあるのだ。

私が勤めている川村学園女子大学は、世間ではお嬢《じょう》さま学校だと思われているようだが、知的好奇心が旺盛な学生もたくさんいて、そういう学生たちから刺激を受けることも多々《たた》ある。

近年のヒットは「煮詰《につま》る」の語意変化《ごいへんか》。ある学生が「煮詰る」という表現について、出版年のちがう辞書をひいて調べていて、おもしろいことに気づいたと報告をしてくれたのである。

ちなみに、現在、学生たちに「煮詰るって、どういう状態のこと？」と聞くと、「もう、どん詰《づま》りって感じ」「どうしようもなくなっちゃっている感じ」などと表現してくれる。ウキ〜ッと言いながら、頭をかきむしってみせてくれた芸達者《げいたっしゃ》な学生もいた。この文章を読んでいる貴方《あなた》は、どんなときに、「煮詰る」という表現を使うだろうか。この表現の意味が変化していることを、その学生は、辞書を調べていて気がついたのだった。

従来の辞書では、「煮詰る」という表現の意味は、①煮えて水分がなくなる。②転《てん》じて、議論や考えなどが出つくして結論を出す段階になる。という二つだけであったのに、最近出版された辞書の中には、③の意味——「俗語《ぞくご》」としてだが、「どうにもならなくなる」、類語《るいご》として「いきづまる」が挙げられているというのである。

私も気になって、その後ちょこちょこと辞書を調べてみた。出版されているすべての辞書を調べたわけではないが、書店の棚に並んでいる辞書をめくってみたかぎりでは、第五版『広辞苑《こうじえん》』をはじめ、いまでも圧倒的多数の辞書は旧来《きゅうらい》の二つの意味しか載《の》せていなかった。ただ、たしかに三省堂《さんせいどう》の『現代新国語辞典』の第二版には、そういう形での説明が載っていることを知った。

この報告を聞いていたゼミ生たちは、「え！　煮詰るって、議論や考えが出つくして結論を出す段階になるっていう意味だったの？」と驚き、この話を年配《ねんぱい》の先生方にすると、「え！　煮詰るって、余計《よけい》な物が消えて、すっきりと結論が出るという意味でしょう？　他の意味があるの？」と驚かれ、中間の年齢層（？）である私は、なるほど、この表現は、いつの間にか旧来の意味では使われなくなっているなぁ……という感慨を抱いた事件であった。

「煮詰る」という言葉が、イメージを喚起《かんき》しやすいせいだろうか。水分がきれいに飛んで「煮詰った」ところで留まらずに、焦《こ》げるところまで行ってしまったようである。

これもまた、世代がちがうと、知識の共有にこんなちがいがあるのだということを実感させてくれた出来事であった。

入学式を迎えるたびに、一年一年、学生たちと私の年齢差は広がっていく。来年には、なんと平成生まれの学生たちが入学してくる。

現在の大学生たちは、ベルリンの壁が崩壊《ほうかい》したときは五歳以下。湾岸《わんがん》戦争のあの印象的なテレビ放送も六歳以下で、ほとんどがリアルタイムで見た記憶を持たない世代なのである。当然「ベトナム戦争」の頃は生まれてもいない。戦後生まれの私にとって、第二次世界大戦が「歴史」としてしかイメージされないのと同じように、彼女らにとっては、「冷戦の終結」も「ソ連の崩壊」も、思い出につながる実感のない、過去の歴史なのだ。

当たり前といえば、当たり前のことばかり並べたてたけれど、その当たり前のことに、私は時折《ときおり》、深い感慨を覚えてしまう。

私たちはなんとなく、歌や出来事の記憶、さまざまな物事を、まわりの人びとと共有しているはずだと思いこんで暮らしているが、実際は、それらの多くは時とともに変化していくもの——当然のことなのに、その変化に気づいたとき、驚きとともに言いようのない寂《さび》しさを感じるのは、その瞬間、時が容赦《ようしゃ》なく流れていることが見えてきて、自分がいずれ過去の存在になるのだということに気づかされるからなのかもしれない。

初出：「日本経済新聞」二〇〇六年六月四日朝刊
著者四十三歳のとき

とても大きなものを

世界観にどこか学者的なものを感じるというル＝グウィンの『ゲド戦記』。その作品をあらためて語るエッセイ。

ここ数年、ファンタジーの傑作《けっさく》が次々に映像化されているおかげで、私は、自分をいま生きている道へと誘《いざな》ってくれた物語たちと、数十年の時を経《へ》て、再び向きあう機会を与えられています。『指輪物語』（トールキン著）や『ゲド戦記』（ル＝グウィン著）を読んだのは十代の後半で、これらの物語に出会ったときは、いささか大袈裟《おおげさ》に言えば、さいはての島の浜辺で竜に出会ってしまったような衝撃を受けたのでした。

まずは、『指輪物語』と出会い、同じような深い充実感と興奮を与えてくれるファンタジーはないものかと探しまわり、なかなか「指輪」と比肩《ひけん》しうるほどの力のある物語に出会えずに悶々《もんもん》としていたときに、『ゲド戦記』と出会ったのです。

『影との戦い』を読んだときの衝撃は、「指輪」を読んだときの衝撃とは異《こと》なるものでしたが、それでも同じくらい強く、心を揺さぶられたのを覚えています。

なにより興奮したのが、「魔法」の概念でした。「ことばは沈黙に／光は闇《やみ》に／生は死の中にこそあるものなれ……」という、キリスト教的な善悪二元論《ぜんあくにげんろん》ではない、むしろ東洋的な、ホリスティック（包括的《ほうかつてき》）な均衡《きんこう》の感覚や世界観と、「魔法」の概念とが融合《ゆうごう》したその物語に、どうしても善悪二元論になじめなかった私は、とても心惹《こころひ》かれたのでした。

自分の「外」にある魔物（悪者）を退治して英雄になるのではなく、つねに己《おのれ》というものを見つめていく、言い訳をつくって逃げることを許さない潔《いさぎよ》さのようなものも、私には心地《ここち》よく感じられたのです。

しかし、いま考えると、私があれほど『ゲド戦記』に心惹かれたのは、賢人《けんじん》たちに導かれて、世界とは何か、生や死とは何かを探究していく、その感覚にあったのかもしれません。『ゲド戦記』は、賢人に導かれて旅にでる若者の気持ちを味わわせてくれる物語なのですね。賢人たちが語る言葉――未熟《みじゅく》な私には「断片」としか感じられない難解な言葉の意味をとらえたくて、ゲドとともに必死に「道」を求めつづける……。だからこそ、求めつづけた道の果てにゲドが悟《さと》ったものが、まさに、自分のものとして胸に迫《せま》ってきたのでしょう。

「そなた、子どもの頃《ころ》は、魔法使いに不可能なことなどないと思っておったろうな。……中略……だが、事実はちがう。力を持ち、知識が豊かにひろがっていけばいくほど、その人間のたどるべき道は狭くなり、やがては何ひとつ選べるものはなくなって、ただ、しなければならないことだけをするようになるものなのだ」（清水真砂子訳）という呼び出しの長《おさ》の言葉に、高校生だった私は、強く心を揺さぶられたのです。学べば学ぶほど、知れば知るほど、選択肢が少なくなり、最後には、ここを行くしかない細い一本の道が浮かびあがる……。そうなのかもしれない、と思ったとき、ふるえるような興奮を覚える人は、きっと『ゲド戦記』を好きになることでしょう。

自分がまだ気づいていない何かが、世界を動かし、存在させているのではないか……。それを知りたい、と熱烈に願い、こういう何か大きなものを追いもとめてしまう感覚というのは、たぶん、多くの学者たちが共有してきたものに似ているような気がします。

ル＝グウィンの物語を読むたびに、私は彼女に学者的なものを感じてしまうのですが、ル＝グウィンの父は、とても有名な文化人類学者であり、母は、あの『イシ――二つの世界に生きたインディアンの物語』（シオドーラ・クローバー著）を書いた作家で、配偶者《はいぐうしゃ》もまた学者であることを考えると、あながち的外《まとはず》れではないかもしれません。

そして、彼女の作品を高校生のときに読んだ私は、気がつけば、文化人類学を学び、教えながら、物語を書く人間になっています。そういうことを考えてみると、なんだか不思議な気持ちになります。人類学を学ぶようになったきっかけは、「ゲド」ではありませんが、心の底のどこかに、その種のひとつとして、「ゲド」はあったのかもしれません。

初めて読んでから数十年経《た》ち、いま、『ゲド戦記』を読みかえしてみると、昔とはまたちがったものが見えてきます。正直なところ、「指輪」に比べると、「ゲド」は、「物語の魔力」にふりまわされている度合《どあ》いが少ないと、長年感じてきましたが、今回読みなおしてみて、そういう感想を越えて胸に迫ってきたのは、ル＝グウィンの、とても大きなものに挑《いど》み、描こうとする、創作者魂《そうさくしゃだましい》でした。

やはり、ル＝グウィンは竜です。——大きな、大きな。

初出：「季刊トライホークス」二〇〇六年春の号
著者四十三歳のとき

文化の差異《さい》を越えて

他者《たしゃ》と共に生きる物語

二〇一四年に受賞した国際アンデルセン賞作家賞。メキシコでおこなわれたその授賞式での受賞スピーチ。

国際アンデルセン賞の受賞という、素晴《すば》らしい栄誉《えいよ》にあずかり、心から光栄に思っております。

多くの方々が支えてくださらなかったら、このような賞をいただくことはできませんでした。まずは、その方々への感謝を述べさせてください。

IBBY（国際児童図書評議会）の理事の方々、そして、IBBYの創始者であるイエラ・レップマンに、子どもの文学を通して、国際理解と平和へ貢献しようという素晴らしい志《こころざし》のもとに、この組織を作り、絶《た》え間《ま》ない努力を続けてくださっていることへの感謝をささげます。

また、国際アンデルセン賞の審査員の方々に心からの感謝をささげます。

もちろん、私を候補に選出してくださった、ＪＢＢＹ（日本国際児童図書評議会）の選考委員をはじめ、ＪＢＢＹのみなさん、私の物語を見事な英語に翻訳してくださり、今回も、このスピーチの翻訳をはじめ、さまざまな側面で支えてくださっている平野《ひらの》キャシーさん、私の物語を出版してくださった、偕成社、講談社、理論社、新潮社の編集者をはじめ、出版にたずさわってくださったすべての方々。私を育て、支えてくれた家族とパートナー、そして、私を育《はぐく》んでくれた、さまざまな物語を生みだした作家の方々、私の物語を楽しんでくださっている読者のみなさん、すべてに、心から感謝いたしております。

そして、ともに国際アンデルセン賞を受賞したホジェル・メロ氏には、おめでとう！を言わせてください。

アンデルセン賞の受賞が決まったとき、日本では夜の十一時半だったのですが、携帯電話で受賞を知らせてくださった担当編集者さんの声の向こうに、多くの人たちの歓声が聞こえて、暗い深夜の日本から、いっきに明るい昼間のイタリアに連れていかれたような気がしました。

携帯電話の向こうに、たしかにある、イタリアの今。

今、このときにも、世界のあちこちでは、昼だったり、夜だったり、朝だったり、多くの人びとがさまざまなことをして生きている。そんなことを一瞬、生々《なまなま》しく感じたのでした。

その後、送られてきた受賞理由を読ませていただき、多様な価値観、多様な環境で生きる人びとが交叉《こうさ》する複雑な世界を描いていることや、自然や人類への愛情や敬愛《けいあい》の気持ちが物語にあらわれていることを評価していただいたことを知ったとき、ふっと、幼い頃《ころ》から今までたどってきた人生の、さまざまなことが心に浮かび、その瞬間、深い、静かな思いが、波のように心に寄せてきたのです。

私がこれまで出会った人びと、出会った物語、やってきたことの、どれかひとつでも欠けていたら、私は今、この歓《よろこ》びを味わうことはなかった、という思いが。

私は、東京の下町で生まれました。超近代的な都市である東京の片隅《かたすみ》の、伝統的なお祭りや、古い時代の匂いをたくさん残しているエリアです。

私は身体の弱い子どもでした。よく熱をだして寝ていましたが、そのおかげで、祖母にお話をしてもらい、両親にも、たくさん本を読んでもらいましたから、物心つく頃には、立派な、物語中毒患者になっておりました。

今、お見せしている写真（口絵2ページ上）で、母の膝《ひざ》に座って、偉《えら》そうに手を挙げているのが私です。たぶん、私の誕生日かなにかの特別な機会に撮った写真なのだと思います。母が、普段《ふだん》は着ることのない伝統的な服装である着物を、めずらしくまとっていますから。その隣で、クマのぬいぐるみを膝に抱いているのが私の祖母です。

この祖母は、東京の生まれではなくて、遠い南の地方の出身で、民間伝承《みんかんでんしょう》の宝庫のような人でした。お話を語るのがうまくて、私は幼い頃、祖母の膝の上に頭をつけて、たくさん、たくさん、豊かな日本の昔話を聞いて育ったのです。

祖母が語ってくれたのは、子ども向けの昔話というより、本当に、ご近所で、昔あった話として語《かた》り継《つ》がれてきた口承《こうしょう》伝承でした。

たとえば、農家のお嫁《よめ》さんが忙しく働いている隙《すき》に、猫が赤ん坊をさらっていって、木の上で育てていたという話を聞かされたり、猫はときおり、ふらっと旅にでて、化《ば》け猫《ねこ》の親玉《おやだま》のところで踊ったりして、呪術《じゅじゅつ》の力を得る修業を積んでから帰ってくることがあるから、行方不明になってからもどってきた猫は侮《あなど》ってはいけないよ、人を化《ば》かす力を身につけているかもしれないからね、と言われたりしたものです。

祖母のお話に登場する動物たちは、猫も狐《きつね》もみな、人と同じような心と知恵を持っていて、私はわくわくしながら、そんなお話を聞いていたのでした。

そのおかげでしょうか。私は幼い頃から、虫にも、草にも、あるいは石にさえ、命があるような気がしておりました。

石ころを蹴《け》ろうとした瞬間、ふっと、自分が石に吸いこまれたような感じになり、石の側から、蹴ろうとしている自分を見上げている錯覚《さっかく》が起きたこともあります。あ、蹴られたら痛い、と思ってしまうのです。そういう気持ちは、大人になった今でも、ずっと心の深いところに在《あ》りつづけています。

私が、自然に対する敬愛の念を持っているとするなら、それは、自分の外にある「自然」に対して感じている、というより、「私と、ひとつながりになっている森《しん》羅《ら》万《ばん》象《しょう》」に対する感覚として持っている感情なのでしょう。

こうした祖母の影響に加えて、本を読むという習慣が、私の心を養《やしな》い、世界観を形作るうえで大きな力となりました。

日本人は、昔から、本を読む楽しみを大切にしてきました。そして、十九世紀の半ば以降、諸外国《しょがいこく》の本が盛《さか》んに翻訳されていきました。

私が子どもの頃にはもう、日本の作家の本だけでなく、本当にたくさんの、さまざまな国々の作家が書いた本を読むことができました。おかげで、私は十代の頃、運命の本たちに、出会うことができたのです。

アーサー・ランサムの『ツバメ号とアマゾン号』のシリーズや、フィリパ・ピアスの『トムは真夜中の庭で』、アリソン・アトリーの『時の旅人』、リンドグレーンの「カッレくん」のシリーズ、バルトス・ヘップナーの『コサック軍 シベリアをゆく』や『急げ草原の王のもとへ』、レジョナルド・オトリーの『ラッグズ！ ぼくらはいつもいっしょだ』、ル＝グウィンの『ゲド戦記』など、私は夢中で読みあさりました。

十七歳のときには、『グリーン・ノウの子どもたち』を読んで、その物語の美しさに心を惹《ひ》かれ、わざわざ、イギリスのケンブリッジ近郊に住んでおられた、作者のボストン夫人の元を訪ねたほどでした。

この写真は、そのときの写真です（口絵3ページ上）。ルーシー・M・ボストン夫人は、このときもう八十をずいぶん過ぎておられました。

私は、とにかく読書が好きで、翻訳されていた物語をたくさん読みましたが、その中でも、私のその後の人生に最も大きな影響を与えたのは、ローズマリ・サトクリフの『第九軍団のワシ』『ともしびをかかげて』『運命の騎士』などの歴史物語と、トールキンの『指輪物語』でした。

サトクリフの物語では、よく、異《こと》なる文化背景や歴史を持つ若者同士の友情が描かれます。

『第九軍団のワシ』では、ローマ軍の百人隊長であったマーカスと、ローマに支配された先住民の若者の間に横たわる深い文化の溝《みぞ》と、立場のちがい、背負《せお》っている歴史のちがいが綿密《めんみつ》に描かれていました。

その差異《さい》は深刻なものでしたが、それでも、その立場のちがいを越えて、人と人とが、深い友情で結ばれることも、ありえるかもしれない――そういう願いをこめて、サトクリフは物語を描いていたように、私には感じられました。

異なる文化、異なる民族、異なる歴史、異なる立場を背負って生きる多くの人びとが暮らすこの世界では、どうしても、争いや葛藤《かっとう》が起きてしまう。

それでもなお、それを越えて、人と人とが共に生きていかれる、そういう道もあるかもしれない――そういう願いを、私はサトクリフの物語から感じたのでした。

私はやがて、大学で文化人類学を学び、博士課程で、オーストラリアをフィールドに選び、アボリジニと長く共に暮らしながら、多文化共生について考えつづける道を選ぶのですが、そのきっかけのひとつが、サトクリフの著作であったことはまちがいありません。

この写真は、私がオーストラリアでフィールドワークをはじめた当初のもので、このアボリジニ女性は、本当に素晴らしいお話を、たくさん聞かせてくださいました（口絵4ページ下）。

サトクリフの歴史物語だけでなく、ファンタジーの傑作《けっさく》であるトールキンの『指輪物語』もまた、ホビットやドワーフ、エルフや人間、多様な生き物が暮らす世界を、ひとつの圧倒的な価値観で縛《しば》ってしまう指輪を「捨てにいく」物語で、多民族が共に生きることの大切さが高らかにうたわれていたように思いました。

そして、どちらの作家の物語も、読みはじめた瞬間から、物語の中に吸いこまれてしまう力を持っていました。フロドとともに苦しみながら中《なか》つ国《くに》を歩み、マーカスとともにブリテン島の辺境《へんきょう》を旅する――その物語の力に、十代の私は魅《み》せられ、こういう物語を書いてみたい、と激しく願ったのでした。

物語は、「他者《たしゃ》に成《な》る」力を与えてくれます。

読みはじめた瞬間から、自分とはまったくちがう文化や環境に生きている主人公に同化《どうか》してしまい、その人生を生きる――その主人公の目で、感覚で暮らす――そういう機会を与えてくれるのです。

それは、幼い頃、ふっと、石ころの中に吸いこまれて、石の気持ちになって自分を見上げた、あの気持ちに、とても近いもので、きっと、それこそが「想像」の力なのでしょう。私たちは、そういう力を持っているからこそ、この世に生きる多くの他者とともに、なんとか、かんとか、歩んでいく道を探せるのかもしれません。


読みはじめたらとまらない、わくわくする物語。

物語世界に生きる多くの他者たちの気持ちに、いつのまにか寄りそって歩み、読みおえたときには、読みはじめたときとは少しちがう場所に立っている——そういう物語を書きたい、という思いを胸に、私はこれからも物語を書きつづけていきます。

ご清聴《せいちょう》、どうもありがとうございました。

初出：IBBY（国際児童図書評議会）メキシコ大会　二〇一四年九月
著者五十二歳のとき

物語が見せてくれる希望の光

――断《た》ち切《き》る文化と、手をつなぐ文化――

二〇一六年のＩＢＢＹ（国際児童図書評議会）ニュージーランド大会での基調講演パネルスピーチ。翻訳家の平野キャシー氏が通訳をつとめた。

キァ・オラ！（マオリ語で「こんにちは！」）

みなさん、こんにちは。温《あたた》かいご紹介を、ありがとうございました。一昨年、国際アンデルセン賞作家賞をいただいたことは、作家として、心からうれしい出来事でした。この場で、みなさんとお会いできて、お話をさせていただけて、とても幸せです。

私は作家ですが、同時に、文化人類学者でもあります。といっても、作家業のほうが忙しくなってしまって、もう七年近く学問のほうはペンディング状態なのですが、大学院の博士課程に進んでから二十年以上にわたって、オーストラリアの先住民アボリジニのみなさんから、さまざまなことを教えていただいてきました。また、私の恩師と親友は、マオリ（ニュージーランドの先住民）について学んでいる文化人類学者です。

ですから、今、おふたりの、先住民の方々と一緒に、この場でパネルスピーチができることは、私にとっては、自分のふたつの職業を合体《がったい》させているような、不思議な経験でもあるのです。

私は一九九〇年に西オーストラリア州のミンゲニューという、ごく小さな町の聖ジョセフ小学校に、日本文化を教えるボランティアの先生として赴任《ふにん》しました。そこで、アボリジニの子どもたちと、そのご家族と知りあい、ゆっくりと人間関係の輪を広げていきました。多くのアボリジニに、ご自身のライフ・ヒストリーを教えていただき、その記録を重ねていくことで、地方の町のアボリジニが、どんな経験をしたのかを学ばせていただきました。

アボリジニ、と、ひとくちに言っても、本当に多様な方々がいらっしゃいます。それは、どこの国の、どんな民族でも同じでしょう。ただ、経《へ》てきた経験のちがいを越えて、ひとつのことだけは、共通していました。それは、「先住民である」ということが、彼ら／彼女らの暮らしによい意味でも悪い意味でもさまざまな影響を与えている、ということです。

ミンゲニューというウィートベルト地域の端《はし》の小さな町を初めて訪れて、子どもたちに出会ったとき、私がいちばん驚いたのは、どの子がアボリジニか外見ではわからなかった、ということでした。もちろん、ひと目で「あ、アボリジニだな」と、わかる子もいましたが、白人と見分けがつかない子もいたのです。外見だけではなく、日常の言語は英語で、アボリジニの伝統文化なんて、よく知らない、と、あっけらかんと話す子もいました。それでも、その子たちは、自分の属《ぞく》する土地(my country)を大切にし、大勢の親族たち、いわゆるbig mobに囲まれて日々を暮らす、アボリジナリティを持っていたのです。

私は、正直、途方《とほう》にくれました。これが文化だ、と、はっきりわかる何かをとらえることができなかったからです。その頃《ころ》の私は、まだ、ステレオタイプの考え方から抜けきれず、アップ・ノース（極北部）のアーネムランドや中央沙漠《さばく》地域に暮らしているアボリジニのように、出会っただけで、「あ、アボリジニ！」と感じられるような強烈な異文化《いぶんか》の表出を求めていたのです。

文化は生まれた後で身につけていくものですから、生物学的な遺伝とはまったく関係ありません。私は文化人類学者ですから、外見と文化はまったく関係ないことを「頭では」わかっていたのです。それでも、「出会ったとたん、ぱっと感じられる差異《さい》がないのなら、それは、本当の意味では、異文化を持つ民族ではないのでは？」と思う気持ちから自由になれずにおりました。

白人のタクシー運転手に、「沙漠にいるアボリジニは本物だけど、都市のアボリジニは偽物《にせもの》だよ。アボリジニを装《よそお》っているだけだ」と言われて、非常に腹が立ったことがあったのですが、その一方で、たしかな差異が感じられないと、そう思ってしまうのも仕方がない部分があるな、と、感じていたのです。

しかし、長年にわたって多くのアボリジニとつきあううちに、他者《たしゃ》から、「文化を基準にして、本物だの偽物だのと判定されつづける立場にあること」が生みだしていく苦しみに、先住民であることの「今」が見える、と感じるようになりました。

文化は、生まれ育っていくうちに、自然に身につけてしまうことすべて、です。言葉や絵、宗教儀式《しゅうきょうぎしき》などは、文化の「他者から見えやすい差異」ではありますが、文化の一部にすぎません。文化はまた、変わっていくものです。どこかの時点を切りとって、「これが正しい文化だ」などと、言えるはずがないのです。

私は、生まれてこのかた、二回しか着物を着たことはありませんし、和食は好きですが、韓国風の焼肉も、イタリア風のパスタも大好きです。しかし、私は、他者から「おまえは本物の日本人ではない」と言われたことはありません。マジョリティは、日常生活の中で、他者から、文化を基準にして、本物だの、偽物だのと「判定」されることなど、まず、経験することがないのです。

しかし、アボリジニや、日本の先住民アイヌの若者たちと触《ふ》れあうなかで、私は常に、彼らが「本物の先住民である」というオーセンティシティを他者から判定されるプレッシャーの中にあることを感じていました。そのプレッシャーは、ときに、作家の創作現場にすら忍《しの》びこんでくるようです。「先住民らしさ」を作風《さくふう》に求められる、という形で。

それは、しかし、先住民だけの問題ではないのかもしれません。たとえば私は日本ではマジョリティですが、世界の中では、とても孤立した「日本語」を母語《ぼご》とする、エキゾチックな少数民族で、日本以外の国々に出ていくときは、私はどうやら「日本文化をベースにしてファンタジーを書いている作家」と見られているようです。

たしかに、二十年以上前に「守り人《もりびと》」シリーズを書きはじめたとき、トールキンが西欧の基層《きそう》文化の豊かな源泉《げんせん》から『指輪物語』を書いたように、私もアジア生まれの自分ならではの異世界《いせかい》物語を構築してみたい、と考えていましたが、いざ書きはじめるや、そんな「頭で考えていたこと」など、ふっとんでしまい、物語が滑りでていくにまかせて、ただ、ただ書きつづけただけでした。

物語を書く、ということは、そういうものでしょう。自分の中から、抑えようもなく湧《わ》きだしてくるものに振りまわされながら、奔流《ほんりゅう》に流されるように書いていくのです。それでも、読んだ方々が「守り人」シリーズに日本の匂いを感じるとすれば、それは作家である私自身の身にしみこんでいるものが日本的であるからなのでしょう。

文化は、意図《いと》せずとも、「あなたがた」と「私たち」が異《こと》なることを、とてもよく見せてしまいます。

ああ、世界はなんと、「分断」に満《み》ちていることでしょう！　今、私が通訳を必要としているように、言葉も価値観も宗教もちがう人びとが世界を満たしています。

私たちは、しかし、分断されたままではありません。どれほど異なっていても、わかりあえる、ということを、それも、感情からわかりあえる、ということを示してくれるものが、身近にあります。それが、物語です。物語の中で、私たちは主人公に同《どう》化《か》し、主人公の人生を生き、主人公になって泣き、笑い、苦悩します。

日本人の私が、ローマ時代に生きたケルト人奴隷《どれい》の人生を生きることができるのです。イギリス人が書いた物語の中で、日本人の私が生きられるのです。これは、すごいことだと思いませんか？　物語という優《すぐ》れた装置を借りさえすれば、私たちは、異文化を飛びこえるどころか、人間以外のものにすら「成《な》れる」のです。私が書いた物語には、きっと、エキゾチックな日本的な価値観が滲《にじ》みでているのでしょうが、それでも、英語で、スペイン語で、中国語で、韓国語で、私が書いた物語を読んだ人びとが、おもしろい！　と思ってくださる。（そうだとよいのですけど、まあ、ともかく、）

私の頭の中から生まれた異世界の主人公になりきって生き、泣き、笑ってくれる。それを感じるとき、私は明るい光を見たような気持ちになるのです。

世界は多様性に満ちています。多様性は私たちを豊かにし、新しい視点で世の中を見る目を与えてくれます。多様性は決して、わかりあえぬ壁にへだてられた硬《かた》い牢獄《ろうごく》の連《つら》なりではありません。多様な文化のもとに生まれ育った人びとが紡《つむ》ぐ多様な物語を、世界中の誰もが楽しむことができる——物語を共有できる——そのことこそ、私たちがわかりあえるということの、何よりの証拠でしょう。

私は、実際にいる民族を描かず、私が創造した人びとを描いてきました。それは、読者に、一度、自由になってほしいからです。自分から——自分を捕《とら》えている文化や立場から——飛び離れてもらいたいのです。まったくちがう立場の中を自由に生きてほしい。そして、物語を読みおわったとき、感じとってほしいのです。

自分がたとえ日本人でなくても、アボリジニでなくても、マオリでなくても、私たちはみな自分の文化の枠《わく》から完全に自由になることができない、とても不自由な生き物であるのだということを。それでも、私たちは、その不自由さの中から、想像をする力を使って手を伸ばしあい、手をつなぐこともできるのだと感じてほしいのです。

私は、空想の物語の中で、非常にシビアな分断を描きます。分断を越えることの難しさと、それを越えたいと願う夢を、我《わ》が事《こと》として感じてもらえるように。物語には、そういう力がある。他者に成ることができる物語の力こそ、人という「想像力」を持つ生き物が、分断と憎《にく》しみの海を泳ぎわたって生きぬいてこられた秘訣《ひけつ》なのかもしれません。人という生き物は言語という文化を生みだしました。他者に自分の思いを伝える力を持つ言語が異なること、学ばないかぎり異言語《いげんご》は理解できないことは、人と人との間を引き裂く分断の、最もわかりやすい指標《しひょう》です。

しかし、この言語という道具を用《もち》いて、人はやがて物語を生みだし、本を生みだし、顔を見ることとすらかなわぬ、遠いところで暮らしている人びとにも、あるいは、物語を生みだした人がこの世を去った後に、生まれてくる未来の人びとにも、時さえ越えて、人という生き物の喜怒哀楽《きどあいらく》を生みだしていく源《みなもと》は、文化がちがおうが、生まれた時代がちがおうが、いかに「同じ」であるかを伝える力を手にしたのです。

文化は、片方の手には剣を持っています。差異を見せつける分断の道具である剣を。

しかし、もう一方の手は、他者に向けて伸ばし、手をつなぐための温《あたた》かい手です。異なる人びと同士が、わかりあおうと伸ばす手なのです。

そして、物語を書くとき、読むとき、私たちは、結びあった手の温《ぬく》もりを、感じることができるのです。

平野キャシーさんが日本語で、「ありがとうございました！」

上橋が英語で、「Thank you very much!」

ふたりで声をそろえて、マオリ語で、

「Tena Kotou, Tena Kotou, Tena Kotou Katoa!（ご清聴《せいちょう》どうもありがとうございました！）」

初出：ＩＢＢＹ（国際児童図書評議会）ニュージーランド大会　二〇一六年八月

著者五十四歳のとき

本という「友」

歌って踊れる図書委員

本を愛し、学生時代は図書委員だった著者が当時の情熱的な活動を振りかえるエッセイ。

図書委員というと、地味《じみ》な印象があるけれど、香蘭《こうらん》女学校時代、友人たちと私は〝歌って踊れる〟実にエネルギッシュで明るい図書委員だった。

「本はおもしろいもんなんだ！　それをわかってもらうのが図書委員の使命《しめい》だ！」とばかりに、私たちは、本の宣伝作戦を繰りひろげた。

たとえば、「お昼休みに寸劇《すんげき》ゲリラ作戦」。これは、大好きな本を寸劇にし、放送部の友人たちに手伝ってもらって、お昼休みに放送するというもので、第一作目は『トムは真夜中の庭で』だった。

放送部の友人たちは「その道」のプロで、あるはずのない「十三時」を告《つ》げる柱時計の効果音から、階段を上り下りする足音まで再現してくれたものだ。

部活でもないのに文化祭へイベント参加し（ほとんどの図書委員が同時に文芸部員でもあったので）、教室に囲炉裏《いろり》をつくり、落ち葉をばらまいて雰囲気（？）を出し、昔話を語った。（長野で購入した蓑笠《みのかさ》をまとって、客引きにまわった私は、先生方にやりすぎだと叱《しか》られてしまったけれど……。）

手作り絵本のコンテストがあると聞けば受験戦争そっちのけで製本まで自分たちでやって、勇《いさ》んで応募し、見事落選した。いま思いかえしてみても、なんと元気で、なんと情熱的だったことか……。

司書の先生はおっとりした方で、にこにこしながら、私たちの暴走を見守り、ときには焚《た》きつけてくださった。読まれすぎてヘロヘロになった本の修繕《しゅうぜん》から始まり、製本の仕方、和綴《わと》じ本の作り方まで教えてくださった。——読書はもともと大好きだったけれど、図書委員になることで、私は、実に多角的に「本」と付きあう経験をしたのだった。

本の魅力を人に伝えたいという思いと、本を作りたいというあの頃《ころ》の思いは、作家としての私を深いところで支えてくれている。うす暗い、改築する前の古い図書室で、友人たちと仕事に取り組んだり、遊んだりしている夢を、二十五年以上たった今でも、見ることがあるほどに……。

初出：「偕成社図書館必備特選シリーズ目録」二〇〇四年

著者四十一歳のとき

駅を降りたら、あの本屋さんが待っている

子どもの頃から「物語中毒」だった作家のそばには、いつも本屋さんがあった。

本屋さんとの思い出を書いたエッセイ。


「本屋さんに浸《ひた》る」時間が消えて、もうどのくらい経《た》つだろう。

もともと身体が弱かったせいか、それとも昔話が得意な祖母が身近にいたせいか、私は字が読めるようになる前から、すでに立派な物語中毒だった。

その中毒症状が「本が身近にないと手がふるえる（?）」ほど進行してしまったのは、都内の私立中学校に電車通学するようになった頃《ころ》からだと思う。この頃、私は「本屋さんに浸る」楽しみを覚えてしまったのだ。

私の家は、駅から自転車で十五分ほどかかる丘の天辺《てっぺん》にあるのだが、実家から電車通学をしていた中学から大学院までの日々に、まっすぐ家に帰った日など数えるほど

もなかったと思う。

当時、駅のそばに、小さいけれど本の数がそろった本屋さんがあった。駅を降りると、当然のコースとしてそこに寄り、ぐるぐると書棚を見てまわり、お小遣《こづか》いの残りと相談しながら本を買う……。それが、至福《しふく》の時だった。

自分で買うのは、通学中や学校で読むための本だったし、両親がマンガを蔑視《べっし》していたので、マンガは立ち読み専門だった。萩尾望都《はぎおもと》をはじめ、少女マンガ・少年マンガ・成年向けを問わず、当時見事な物語世界を展開していたマンガ家たちの作品は、この本屋さんのマンガコーナーで総《そう》ナメにしたのだった。

一時間以上立ち読みをしていても、追いだされたり、怒られたりした記憶はない。というのは、あまりに毎日その本屋さんに浸っていたために、いつの間にか私の中に、この本屋さんに対する「身内意識」が芽生《めば》えてしまい、心優しい店長さんはじめ、店員さんたちも、それを温《あたた》かく受けいれてくださるという不思議な関係になってしまったからだった。

毎日本棚の間を渡り歩くという儀式《ぎしき》のおかげで、いつの間にか私は、店員さんより本の置き場にくわしくなってしまっていた。それで、店員さんたちは、お客さんから本の所在を聞かれると、「ナホコちゃーん、〇〇って本、どこ？」とたずねるようになり、そのたびに、私はコマネズミのごとく走っていって、本を持ってくるという芸《げい》当《とう》（？）をしていたものだ。

そのうちに、母までがこの事情を察《さっ》するようになり、ある日店長さんに、おいでおいでをされたので、とんでいくと、「お母さんから電話で伝言受けたよ。帰るとき、豚の肩ロース四枚買ってきてってさ」と言われたという思い出もある。

大学生になると、行動範囲も広がって、「浸る」本屋さんは、小さな駅前書店から、専門書をがっちりとそろえた大型書店になってしまった。もしかすると、大学構内で過ごしていた時間より、大学への通学路途中の渋谷《しぶや》・池袋《いけぶくろ》近辺の書店に入《い》り浸《びた》っていた時間のほうがはるかに長かったかもしれない。（私はひどい方向音痴《おんち》なのだが、当時確立した私の東京地図は、書店をランドマークにして成り立っているのである。）

けれど、どんなに浮気をしていても、自宅のある駅に降りれば、例の本屋さんに立ち寄らないと、なにか忘れ物をした気分になった。

生まれて初めてアルバイトなるものをしたのも、この本屋さんだった。それまでとはちがう、「報酬《ほうしゅう》を支払う書店員」としての厳しい扱《あつか》いを受けて、本屋さんの本当の仕事を垣間見《かいまみ》た。

棚卸《たなおろ》し作業に汗をかきながら、いつか、この店頭に自分の本が並ぶ日が来るかもしれない……そんなことを夢見ていたのを覚えている。

幸運にも夢は現実になって、作家になれたけれど、本屋さんのほうは、それを待たずに消えてしまった。

今、あらためて思う。……あの本屋さんは、私に、なんと多くのものを与えてくれたのだろうと。

初出：「日販通信」二〇〇〇年九月号

著者三十八歳のとき

「打《う》ち出《で》の小《こ》槌《づち》」が与えてくれた本

本屋大賞で買った本

二〇一五年に受賞した本屋大賞の賞金の図書カードで、どんな本を買ったのか。本のお買い物エッセイ。

「賞金の図書カードの使用レポート、そろそろいかがでしょうか」というメールがきて、どひゃあああ！　となった作家、きっと私だけではないはず……と思っているのですけど、どうでしょう。

貧乏性《びんぼうしょう》なもので、いただいた賞金（これがまた、ピカピカ金色に光っているケースに入った図書カードなのです）を使ってしまうのがもったいなくて、ちょびっとずつ使っているうちに、あっという間に数か月が経《た》ってしまい、レポートの催促《さいそく》がきてしまったのでした。こりゃ大変、急いで使いきらなくてはと、本格的に使いはじめて、びっくり。十万円って、意外に使い出があるものですね。

使っても、使っても減らない図書カードを見ながら、しみじみ、ああ、これが大学時代だったなら、と、思ってしまいました。

教授の講義を聞きながら、算数苦手な頭で、昼食を毎日、学食のたぬき蕎麦《そば》にしたら、本を何冊買えるか、計算していた、あの頃《ころ》。

やがて、使っても使っても減らない、打ち出《で》の小槌《こづち》みたいな図書カードをいただけるんだよ、と、あの頃の私にささやいたなら、さぞかし狂喜乱舞《きょうきらんぶ》したでしょう。

最近は、あの頃のような、お小遣いの限度額とはまた異《こと》なる、本を置くスペースがもう限界！　という制限があって、電子書籍で買うことができる本は、なるべくそちらで買うことにしているのですけれど、やはり、傍線《ぼうせん》を引いたり書きこみをしたりしながら、じっくり読みたい本は紙の本で買いたい。

そんなわけで、うれしい、うれしいと、ほくほくしながら振った「打ち出の小槌」が与えてくれた本たちをリストに書きだしてみました。

一冊一冊レビューしていくスペースはありませんので、いくつかのカテゴリーの代表選手のような本のみ選びだして、レポートさせていただきますね。

『がんを生きる』佐々木常雄《ささきつねお》（著）

『がんと闘った科学者の記録』戸塚洋二《とつかようじ》（著）立花隆《たちばなたかし》（編）

私事《わたくしごと》で恐縮《きょうしゅく》ですが、今年（二〇一五年）の一月の人間ドックで、家族が肺がんであることがわかり、現在も治療を続けています。

人間ドックでその告知を受けたときは、暗夜《あんや》の中に閉ざされたような、頭がしびれるような苦しみの中に落とされました。

その日から、貪《むさぼ》るように、がんに関する本を読みました。その病態《びょうたい》、治療の可能性、治療のメリット・デメリットと、その多様な理由、さらには、今後どのような経過をたどる可能性があるのか、少しでも苦しまずに安《やす》らかに日々を過ごさせるためには、どのような緩和《かんわ》の手段がありうるのかなどを知るために。

その作業に没頭《ぼっとう》するうちに、暗夜の中にいて、しびれたようになっていた心が、少しずつ変化してきました。

私はたぶん、とても血《ち》の気《け》が多い人間なのでしょう。身内が銃口を向けられている、と思ったとたん、いっきに臨戦態勢《りんせんたいせい》に入り、戦略を練《ね》り、状況がクリアになっていくうちに、冷静になってきた、という感じでした。

学びはじめて驚いたのですが、この病気は、本当に「人それぞれ」なのですね。たとえ同じ肺腺《はいせん》がんであっても、ある人がこうだったから、この人もこう、とは限らない。抗《こう》がん剤《ざい》の効《き》き方《かた》も副作用の出方も人それぞれ。

考えてみれば当たり前のことで、この病気は自分の遺伝子がエラーを起こして始まるわけで、つまりは、その人自身の身体が持っている性質と深く関わっているわけです。

だからこそ、本を書く人が「どこ」に主眼《しゅがん》を置くかで、同じ結論がまったく色合いのちがう主張に見えてきたりもする。

帯津良一《おびつりょういち》氏が「がんほどミステリアスなものはない」と書いておられましたが、それは、正しく、日々この病《やまい》と向きあっている人の実感でしょう。

「治らない」という事実と向きあう日が訪れたとき、どういう心で、その現実と向きあえばいいのか。

私が読んだ多くの本には、それぞれに、素晴《すば》らしい記述がたくさんありました。漢方《かんぽう》の効果を知って、西洋医療だけでなく、東洋医療と両輪で身内を支えていただくことで、発覚から十一か月経《た》った今もとても楽《らく》に日々を過ごせていることも、本から得た知識のおかげでしたから、どの本にも感謝しているのですが、本屋大賞の図書カードで買った二冊からは、ひときわ強い印象を受けました。

『がんを生きる』は、長年がん患者を治療してきた医師が、その思いを率直《そっちょく》につづった本で、読みすすむうちに涙がでてきて困りました。

がんがどういう病気か、治療はどうすればよいか、というだけでなく、がんという病に向きあっている患者とその家族はもちろんのこと、医師もまた、人の命というものに、ぎりぎりのところで向きあっていることが、ひしひしと伝わってくる本だったからです。

他者《たしゃ》を救いたいという祈りにも似た強い思いが感じられる本で、この思いこそ、人が人に対して持ちえる、最高の思いなのでしょう。

『がんと闘った科学者の記録』は、ニュートリノの実験・研究の最先端を走りながら、がんで亡くなった科学者戸塚洋二さんの、死の数日前までのブログを、立花隆氏が編集した本です。

我《わ》が身《み》に起きていることを客観的に記録し、抗がん剤の効果を精緻《せいち》なグラフにした姿勢――客観的に観察しうるさまざまと、心に去来《きょらい》する思いを、可能なかぎり正確な言葉で記《しる》そうとした、その姿勢に、私は深い共感を覚えて、読みおえてからもしばらく、目をつぶって、戸塚さんに頭をさげておりました。

私は文系ですが、自分に起きていることを客観的にとらえ、記述し、理解したいという思いが強くあり、身内の検査結果と治療の効果、そして、身内が、自分の病と、治療のあれこれをどう感じているのかなどを追いつづけています。

人は必ず死ぬものですが、その日までのあれこれを、真正面から考える機会を与えてもらっていることの、ありがたさとつらさが、この本と共鳴していて、私には大切な一冊となりました。

この本を読んだのは六月頃でしたから、今年のノーベル物理学賞に戸塚氏の後輩にあたる梶田《かじた》氏が選ばれたとき、しみじみと、こうして人は知をつなげていくのだなぁと思ったものです。

『言魂《ことだま》』石牟礼道子《いしむれみちこ》・多田富雄《ただとみお》（著）

これは往復書簡ですが、もともと多田富雄氏の免疫《めんえき》研究にとても興味があって、いくつかの著作を読んでいたもので、その多田氏が脳梗塞《のうこうそく》で多大な不自由と苦痛を得た後、何を思い、何をしていたのかを知りたいと思って手にとったのでした。

ところが、読みはじめるや、ぶっとばされるような衝撃を受けたのは、石牟礼道子氏の書簡のほうで、これはもう、読んでください、としか言えません。陳腐《ちんぷ》な表現で恥ずかしいですが、いまさらながら文章の力というものをまざまざと見せつけられました。

『均《きん》ちゃんの失踪《しっそう》』 中島京子《なかじまきょうこ》（著）

今年の河合隼雄《かわいはやお》物語賞作は、中島さんの『かたづの！』でしたが、小川洋子《おがわようこ》さんと宮部《みやべ》みゆきさんと審査をしている最中、あれは読んで笑ったよね、と話題になったのが、この『均ちゃんの失踪』で、駄目男《だめおとこ》の魅力と、しょうもなさの向こうに、女のしょうもなさもよく見えて、笑いながらも身につまされた本でありました。

『庶民《しょみん》の旅』『山の道』宮本常一《みやもとつねいち》（編著）
『のさらん福は願い申さん』飯田辰彦《いいだたつひこ》（著）
『森林の江戸学』徳川林政史研究所（編）

好きな本を挙げてください、と言われるたびに、挙げてしまうのが宮本常一氏の『忘れられた日本人』で、枕辺《まくらべ》に置いて、繰りかえし読んでいます。宮本先生の、物事をみるまなざしと文が好きなのです。

『庶民の旅』も『山の道』も、少し前の日本で営《いとな》まれていた人びとの暮らしが、乾いた日向《ひなた》の香《こう》ばしい匂いがするような文で綴《つづ》られていて、読んでいるだけでよい心地《ここち》になります。

少し前の日本の暮らしをさまざまな視点から書いている本を、ここのところ読みあさっているのですが、『のさらん福は願い申さん』は、「のさらん（かみさまがお授《さず》けにならぬ）」福は願い申さんという、私が大好きな、一本筋《すじ》が通った生き方を、山に暮らす人びとのさまざまな営みから描きだしている本です。

『森林の江戸学』も、とても興味深い本で、なんとなく、江戸時代の山々は原生林《げんせいりん》がしっかり残っていたのではと思いこんでいた自分の知識のなさが恥ずかしくなってしまった一冊でした。

『老化の進化論』マイケル・R・ローズ（著）熊井ひろ美（訳）

最近、「老化」のことが気になって仕方がありません。自分が五十を過ぎたから、というだけでなく、生物が死ぬようにセッティングされているということに興味があるもので、ついつい、老化研究の本を見つけると、手にとってしまいます。

性が生じたことで、個体の死が生まれたのだと知ったとき、いわく言いがたい複雑な気持ちになったものですが、この『老化の進化論』を読んでいて、去勢《きょせい》されたサケは、去勢されていないサケより何年も長生きをするという記述に出会い、なるほどなぁ、そうだろうなぁ、と思いました。

もちろん、生物の死にはさまざまな原因がありえますから、必ずしも子沢山《こだくさん》の人が早死にというわけでもないでしょうが、でも、性と死との関わりを考えれば、これは、なるほどなぁと思う事実でありました。著者のマイケル氏の文章がまた、軽快でしゃれているのです。ときどき、吹きだして笑いながら読んでいました。

生老病死、みな、現実に直面すれば、ひたすらつらい。でも、そのつらい現実を他人事のように観察し、あるいは他人の現実を我《わ》が事《こと》のように心配し、なんとかせねばと真剣に考える。人間というのは、つくづく不思議な生き物で、本は、それをつくづくと感じさせてくれる、私にとっては、なくてはならぬ「友」なのです。

本屋大賞の賞金のおかげで、今年も多くのよい「友」に出会うことができました。

どうもありがとうございました！

初出：「本の雑誌」二〇一六年二月号

著者五十三歳のとき

書名	著者	出版	金額
女人、老人、子ども(日本の中世 4)	田端泰子・細川涼一	中央公論新社	2,592
村の戦争と平和 (日本の中世 12)	坂田聡・榎原雅治・稲葉継陽	中央公論新社	2,808
毒草を食べてみた	植松黎	文春新書	745
森林の江戸学	徳川林政史研究所編	東京堂出版	3,024
老化の進化論	マイケル・R・ローズ 熊井ひろ美訳	みすず書房	3,240
老化はなぜ進むのか	近藤祥司	講談社ブルーバックス	886
人間と動物の病気を一緒にみる	B・N・ホロウィッツ、K・バウアーズ 土屋晶子訳	インターシフト	2,484
品種改良の世界史・家畜編	正田陽一	悠書館	4,104
人口の世界史	マッシモ・リヴィ - バッチ 速水融・斎藤修訳	東洋経済新報社	3,024
国家興亡の方程式	ピーター・ターチン 水原文訳	ディスカヴァー 21	4,104
人類学的思考の歴史	竹沢尚一郎	世界思想社	4,104
精霊の王	中沢新一	講談社	2,484
惑星の風景	中沢新一	青土社	2,376
対称性人類学	中沢新一	講談社選書メチエ	1,836
生物という文化	池田透編著	北海道大学出版会	3,024
狩猟伝承	千葉徳爾	法政大学出版局	3,780
草木布（Ⅰ）	竹内淳子	法政大学出版局	3,240
木の実	松山利夫	法政大学出版局	3,672
燈用植物	深津正	法政大学出版局	4,104
生物がつくる〈体外〉構造	J・スコット・ターナー 滋賀陽子訳	みすず書房	4,104
山家鳥虫歌 近世諸国民謡集	浅野建二校注	岩波文庫	821

合計金額 **99,831**

「打《う》ち出《で》の小槌《こづち》」が与えてくれた本リスト

初出：「本の雑誌」2016年2月号

書名	著者	出版	金額
がんを生きる	佐々木常雄	講談社現代新書	821
がんと闘った科学者の記録	戸塚洋二著　立花隆編	文春文庫	853
言魂	石牟礼道子・多田富雄	藤原書店	2,376
生命の意味論	多田富雄	新潮社	1,944
寡黙なる巨人	多田富雄	集英社	1,620
ふたりの老女	ヴェルマ・ウォーリス 亀井よし子訳	草思社文庫	756
歌集　回生	鶴見和子	藤原書店	3,024
櫛挽道守	木内昇	集英社	1,728
「退化」の進化学	犬塚則久	講談社ブルーバックス	886
均ちゃんの失踪	中島京子	講談社文庫	596
病から詩がうまれる	大井玄	朝日選書	1,404
生物学的文明論	本川達雄	新潮新書	799
理不尽な進化 遺伝子と運のあいだ	吉川浩満	朝日出版社	2,376
人間らしさとはなにか？	マイケル・S・ガザニガ 柴田裕之訳	インターシフト	3,888
心は量子で語れるか	ロジャー・ペンローズ 中村和幸訳	講談社ブルーバックス	1,123
捕食者なき世界	ウィリアム・ソウルゼンバーグ 野中香方子訳	文春文庫	886
動物の生存戦略	長谷川眞理子	放送大学叢書	1,851
庶民の旅	宮本常一編著	八坂書房	1,944
山の道	宮本常一編著	八坂書房	1,944
宮本常一の写真に読む失われた昭和	佐野眞一	平凡社ライブラリー	1,296
森林飽和	太田猛彦	NHKブックス	1,188
山の仕事、山の暮らし	高桑信一	ヤマケイ文庫	1,026
里の時間	芥川仁・阿部直美	岩波新書	1,058
のさらん福は願い申さん	飯田辰彦	みやざき文庫	2,484
戦国の村を行く	藤木久志	朝日選書	1,404

上橋菜穂子書店　全ブックリスト

二〇一六年十一月から二〇一七年五月まで約半年にわたって、ジュンク堂書店池袋本店の特設会場に、上橋菜穂子さんが選書《せんしょ》からレイアウトまでをプロデュースした書店があらわれました。

その名も「上橋菜穂子書店」。

愛してやまない物語やマンガ、繰りかえし読むエッセイに詩集、人類の文化・社会・民族・民俗《みんぞく》を探求する本から、生命の不思議に迫《せま》る本まで、約七百冊が集められました。そこで選ばれた多彩な書籍を紹介します。

※かぎりある会場スペースに多くの本を並べるため
シリーズの一部をとりあげた書籍もあります。

店長の言葉

こんにちは。上橋菜穂子です。大学生のとき、駅前の書店でアルバイトをしたのが、私にとっては人生初のお給料をいただいた仕事でしたが、今や、なんと、店長さんであります！　しかも、好きな本を売ってよいという夢のような書店の店長さんであります！

私を育《はぐく》んでくれた本、愛してやまぬ本を並べてみましたので、書名を眺《なが》めてぶらぶらする、至福《しふく》のひとときを、ぜひ当書店でお過ごしください。

撮影：小池 博

上橋菜穂子　著作と関連書籍

「守《も》り人《びと》」シリーズ（ハードカバー版／軽装版＝偕成社　文庫版＝新潮社）偕成社／新潮社文庫

『精霊の守り人』偕成社版　二木真希子（絵）

『闇の守り人』偕成社版　二木真希子（絵）

『夢の守り人』偕成社版　二木真希子（絵）

『虚空の旅人』偕成社版　佐竹美保（絵）

『神の守り人〈来訪編〉』偕成社版　二木真希子（絵）

『神の守り人〈帰還編〉』偕成社版　二木真希子（絵）

『蒼路の旅人』偕成社版　佐竹美保（絵）

『天と地の守り人〈第一部〉ロタ王国編』偕成社版　二木真希子（絵）

『天と地の守り人〈第二部〉カンバル王国編』偕成社版　二木真希子（絵）

『天と地の守り人〈第三部〉新ヨゴ皇国編』偕成社版　二木真希子（絵）

『流れ行く者　守り人短編集』偕成社版　二木真希子（絵）

『炎路を行く者　守り人作品集』偕成社版　佐竹美保、二木真希子（絵）

『増補改訂版　「守り人」のすべて　「守り人」シリーズ完全ガイド』偕成社編集部（編）

二木真希子、佐竹美保（絵） 偕成社

『バルサの食卓』チーム北海道（共著） 新潮文庫

『精霊の守り人（ガンガンコミックス）』全三巻 藤原カムイ（著） 上橋菜穂子（原作） スクウェア・エニックス

『精霊の守り人（朝日コミック文庫）』上・下 藤原カムイ（著） 上橋菜穂子（原作） 朝日新聞出版

『闇の守り人（Nemuki+コミックス）』一〜二巻 上橋菜穂子（原作） 結布（漫画） 朝日新聞出版

『精霊の木』二木真希子（絵） 偕成社

『月の森に、カミよ眠れ』偕成社文庫

『夏ものがたり ものがたり12か月』「縁日の夜」収録 野上暁（編） 偕成社

『狐笛のかなた』（ハードカバー版／文庫版） 理論社／新潮文庫

「獣の奏者」シリーズ（ハードカバー版／青い鳥文庫版／文庫版） 講談社

『獣の奏者1 闘蛇編』 ※青い鳥文庫版は外伝をのぞく全八巻 武本糸会（絵）

『獣の奏者2 王獣編』

『獣の奏者3 探求編』

『獣の奏者4 完結編』

『獣の奏者 外伝 刹那』

『コミック 獣の奏者（シリウスKC）』全十一巻 上橋菜穂子（原作） 武本糸会（漫画） 講談社

『コミック 獣の奏者』一〜四巻 上橋菜穂子（原作） 武本糸会（漫画） 講談社文庫

『鹿の王（上）　生き残った者』ＫＡＤＯＫＡＷＡ
『鹿の王（下）　還って行く者』ＫＡＤＯＫＡＷＡ
『物語ること、生きること』（ハードカバー版／青い鳥文庫版／文庫版）瀧晴巳（構成・文）　講談社
『明日は、いずこの空の下』講談社
『三人寄れば、物語のことを』荻原規子、佐藤多佳子（共著）　青土社
『命の意味　命のしるし』齊藤慶輔（共著）　講談社
『隣のアボリジニ　小さな町に暮らす先住民』ちくま文庫
『老いの人類学』「歴史の狭間を生きたアボリジニの老人たち」収録　青柳まちこ（編）　世界思想社
『「先住民」とはだれか』「都市アボリジニの先住民文化観光」収録　窪田幸子、野林厚志（編）　世界思想社
『多文化国家の先住民　オーストラリア・アボリジニの現在』「地方のアボリジニ」収録
小山修三、窪田幸子（編）　世界思想社
『オーストラリアのマイノリティ研究』「アボリジニの過去と現在　アボリジニ政策について」収録
早稲田大学オーストラリア研究所（編）　オセアニア出版社
『ウレシパオルシペ　アイヌ文化で育てあう日々』「歩いてきた道」収録　札幌大学ウレシパクラブ（編）
札幌大学ウレシパクラブ、かりん舎
『指輪物語（もっと知りたい名作の世界9）』「『指輪物語』を今どう読むか。大シャーマンの旅の跡」収録
成瀬俊一（編著）　ミネルヴァ書房

『作家の口福　おかわり』「上橋菜穂子の口福」収録　朝日文庫　朝日新聞出版
『子どもの本がつなぐ希望の世界　イェラ・レップマンの平和への願い』「温かい網に包まれて」収録
日本国際児童図書評議会40周年記念出版委員会（編）早川敦子、板東悠美子（監修）　彩流社
『アニメは越境する（日本映画は生きている 第6巻）』「時を越えていくアニメ『精霊の守り人』と『獣の奏者エリン』」収録　黒沢清、四方田犬彦、吉見俊哉、李鳳宇（編）　岩波書店
『天空の城ラピュタ（ジブリの教科書2）』「彼方へ馳せる」収録　スタジオジブリ、文春文庫（編）
文春ジブリ文庫
『齋藤孝のイッキによめる！ 名作選　小学6年生　新装版』「手足の先に、あったもの」収録
齋藤孝（編）　講談社
『ヒーロー&ヒロインと出会う　名作読書きっかけ大図鑑／第2巻 夢とあこがれを追いかけて』
本田和子（監修）　日本図書センター
『伝承児童文学と子どものコスモロジー　〈あわい〉との出会いと別れ　新装版』鵜野祐介（著）　昭和堂
『かつくら vol 13（二〇一五年冬）』桜雲社（編）　新紀元社
『子どもと読書　二〇〇七年七・八月号　特集・上橋菜穂子の作品世界』
親子読書・地域文庫全国連絡会（編）　親子読書・地域文庫全国連絡会
『ユリイカ二〇〇七年六月号　特集・上橋菜穂子―〈守り人〉がひらく世界―』青土社
『現代思想 二〇一六年三月臨時増刊号　総特集・人類学のゆくえ』中沢新一（監修）　青土社

『キネマ旬報 二〇一六年七月上旬号―特集 スタジオジブリの30年―名作を支えた想像力』 キネマ旬報社
『Nemuki+（ネムキプラス） 二〇一六年三月号』 朝日新聞出版
『NHK放送90年 大河ファンタジー「精霊の守り人」SEASON1 完全ドラマガイド』
DVD&ブルーレイでーた編集部（編） KADOKAWA
『NHK 大河ファンタジー 精霊の守り人 SEASON2 悲しき破壊神 完全ドラマガイド』
DVD&ブルーレイでーた編集部（編） KADOKAWA
『メイキング・オブ・大河ファンタジー 精霊の守り人』
NHK「大河ファンタジー 精霊の守り人」制作班（監修） 洋泉社
『メイキング・オブ・大河ファンタジー 精霊の守り人Ⅱ 悲しき破壊神』
NHK「大河ファンタジー 精霊の守り人Ⅱ 悲しき破壊神」制作班（監修） 洋泉社

大切な物語

『時の旅人』 アリソン・アトリー（作） 松野正子（訳） 岩波少年文庫
『車のいろは空のいろ 白いぼうし』 あまんきみこ（作） 北田卓史（絵） ポプラ社
『クオレ 愛の学校』上・下 アミーチス（作） 矢崎源九郎（訳） 偕成社文庫
『きつねの窓』 安房直子（文） 織茂恭子（絵） ポプラ社

『カメレオンの呪文（魔法の国ザンス1）』ピアズ・アンソニイ（著）山田順子（訳）ハヤカワ文庫FT
『ケルトの薄明』W・B・イエイツ（著）井村君江（訳）ちくま文庫
『日の名残り』カズオ・イシグロ（著）土屋政雄（訳）ハヤカワepi文庫
『えんの松原』伊藤遊（作）太田大八（画）福音館書店
『セント・メリーのリボン』稲見一良（著）光文社文庫
『ダック・コール』稲見一良（著）ハヤカワ文庫JA
『木かげの家の小人たち』いぬいとみこ（作）吉井忠（画）福音館文庫
『くらやみの谷の小人たち』いぬいとみこ（作）吉井忠（画）福音館文庫
『ぼんぼん』今江祥智（作）岩波少年文庫
『ドゥームズデイ・ブック』上・下　コニー・ウィリス（著）大森望（訳）ハヤカワ文庫SF
『海底二万里』上・下　ジュール・ヴェルヌ（作）私市保彦（訳）岩波少年文庫
『十五少年漂流記』ジュール・ヴェルヌ（著）波多野完治（訳）新潮文庫
『ふたりの老女』ヴェルマ・ウォーリス（著）亀井よし子（訳）草思社文庫
『ウィロビー・チェースのオオカミ』ジョーン・エイキン（作）こだまともこ（訳）冨山房
『バタシー城の悪者たち』ジョーン・エイキン（作）こだまともこ（訳）冨山房
『少年探偵団』江戸川乱歩（著）ポプラ社
『カディスの赤い星』上・下　逢坂剛（著）講談社文庫

『猫を抱いて象と泳ぐ』小川洋子(著) 文春文庫
『博士の愛した数式』小川洋子(著) 新潮文庫
『人質の朗読会』小川洋子(著) 中公文庫
『ミーナの行進』小川洋子(著) 中公文庫
『空色勾玉』(ハードカバー版/文庫版) 荻原規子(著) 徳間書店
『白鳥異伝』(ハードカバー版/文庫版) 荻原規子(著) 徳間書店
『薄紅天女』(ハードカバー版/文庫版) 荻原規子(著) 徳間書店
『風神秘抄』(ハードカバー版) 荻原規子(著) 徳間書店
『あまねく神竜住まう国』荻原規子(作) 徳間書店
『エチュード春一番 第一曲 小犬のプレリュード』荻原規子(著) 講談社タイガ
『エチュード春一番 第二曲 三日月のボレロ』荻原規子(著) 講談社タイガ
『源氏物語 紫の結び』全三巻 紫式部(著) 荻原規子(訳) 理論社
『これは王国のかぎ』(ハードカバー版/文庫版) 荻原規子(著) 理論社/角川文庫
『樹上のゆりかご』荻原規子(作) 理論社
『西の善き魔女1 セラフィールドの少女』荻原規子(著) 角川文庫
『日本の神話 古事記えほん1 国生みのはなし』荻原規子(文) 斎藤隆夫(絵) 三浦佑之(監修) 小学館
『日本の神話 古事記えほん2 天の岩屋』荻原規子(文) 斎藤隆夫(絵) 三浦佑之(監修) 小学館

『日本の神話　古事記えほん3　やまたのおろち』荻原規子（文）斎藤隆夫（絵）三浦佑之（監修）小学館
『RDGレッドデータガール1　はじめてのお使い』（ハードカバー版／文庫版）荻原規子（著）KADOKAWA
『RDGレッドデータガール2　はじめてのお化粧』荻原規子（著）KADOKAWA
『RDGレッドデータガール3　夏休みの過ごしかた』荻原規子（著）KADOKAWA
『RDGレッドデータガール4　世界遺産の少女』荻原規子（著）KADOKAWA
『RDG　レッドデータガール5　学園の一番長い日』荻原規子（著）KADOKAWA
『RDG　レッドデータガール6　星降る夜に願うこと』荻原規子（著）KADOKAWA
『魔性の子　十二国記』小野不由美（著）新潮文庫
『若草物語』上・下　ルイザ・メイ・オルコット（作）海都洋子（訳）岩波少年文庫
『六番目の小夜子』恩田陸（著）新潮文庫
『ふくろう模様の皿』アラン・ガーナー（作）神宮輝夫（訳）評論社
『ブリジンガメンの魔法の宝石』アラン・ガーナー（作）芦川長三郎（訳）評論社
『チーム・バチスタの栄光』海堂尊（著）宝島社文庫
『クローディアの秘密』E・L・カニグズバーグ（作）松永ふみ子（訳）岩波少年文庫
『百年の孤独』G・ガルシア＝マルケス（著）鼓直（訳）新潮社
『センセイの鞄』川上弘美（著）新潮文庫

『**銀のほのおの国**』神沢利子（作）堀内誠一（画）福音館文庫
『**櫛挽道守**』木内昇（著）集英社
『**よこまち余話**』木内昇（著）中央公論新社
『**覆面作家は二人いる**』北村薫（著）角川文庫
『**夜の蝉**』北村薫（著）創元推理文庫
『**光の六つのしるし（闇の戦い1）**』スーザン・クーパー（作）浅羽莢子（訳）評論社
『**みどりの妖婆（闇の戦い2）**』スーザン・クーパー（作）浅羽莢子（訳）評論社
『**灰色の王（闇の戦い3）**』スーザン・クーパー（作）浅羽莢子（訳）評論社
『**樹上の銀（闇の戦い4）**』スーザン・クーパー（作）浅羽莢子（訳）評論社
『**武蔵野**』国木田独歩（著）新潮文庫
『**オリエント急行の殺人**』アガサ・クリスティー（著）山本やよい（訳）クリスティー文庫　早川書房
『**バートラム・ホテルにて**』アガサ・クリスティー（著）乾信一郎（訳）クリスティー文庫　早川書房
『**秘密機関**』アガサ・クリスティー（著）嵯峨静江（訳）クリスティー文庫　早川書房
『**イシ――二つの世界に生きたインディアンの物語**』シオドーラ・クローバー（作）中野好夫、中村妙子（訳）
岩波書店
『**だれも知らない小さな国（コロボックル物語1）**』佐藤さとる（作）村上勉（絵）講談社青い鳥文庫
『**わんぱく天国**』佐藤さとる（著）村上勉（絵）講談社文庫

『**明るい夜に出かけて**』佐藤多佳子(著) 新潮社
『**イグアナくんのおじゃまな毎日**』(ハードカバー版/軽装版) 佐藤多佳子(作) はらだたけひで(絵) 偕成社
『**一瞬の風になれ 第1部 イチニツイテ**』佐藤多佳子(著) 講談社文庫
『**一瞬の風になれ 第2部 ヨウイ**』佐藤多佳子(著) 講談社文庫
『**一瞬の風になれ 第3部 ドン**』佐藤多佳子(著) 講談社文庫
『**黄色い目の魚**』佐藤多佳子(著) 新潮文庫
『**サマータイム**』佐藤多佳子(著) 新潮文庫
『**しゃべれども しゃべれども**』佐藤多佳子(著) 新潮文庫
『**シロガラス1 パワー・ストーン**』佐藤多佳子(著) 偕成社
『**シロガラス2 めざめ**』佐藤多佳子(著) 偕成社
『**シロガラス3 ただいま稽古中**』佐藤多佳子(著) 偕成社
『**シロガラス4 お神楽の夜へ**』佐藤多佳子(著) 偕成社
『**聖夜**』(ハードカバー版/文庫版) 佐藤多佳子(著) 文藝春秋
『**第二音楽室**』(ハードカバー版/文庫版) 佐藤多佳子(著) 文藝春秋
『**ハンサム・ガール**』佐藤多佳子(作) 伊藤重夫(絵) フォア文庫 理論社
『**太陽の戦士**』ローズマリ・サトクリフ(作) 猪熊葉子(訳) 岩波少年文庫

『第九軍団のワシ』ローズマリ・サトクリフ(作) 猪熊葉子(訳) 岩波少年文庫
『銀の枝』ローズマリ・サトクリフ(作) 猪熊葉子(訳) 岩波少年文庫
『ともしびをかかげて』上・下 ローズマリ・サトクリフ(作) 猪熊葉子(訳) 岩波少年文庫
『辺境のオオカミ』ローズマリ・サトクリフ(作) 猪熊葉子(訳) 岩波少年文庫
『運命の騎士』ローズマリ・サトクリフ(作) 猪熊葉子(訳) 岩波少年文庫
『王のしるし』上・下 ローズマリ・サトクリフ(作) 猪熊葉子(訳) 岩波少年文庫
『次郎物語』全三巻 下村湖人(著) 新潮文庫
『アイヴァンホー』上・下 スコット(作) 菊池武一(訳) 岩波文庫
『エデンの東1』ジョン・スタインベック(著) 土屋政雄(訳) ハヤカワepi文庫
『ハツカネズミと人間』ジョン・スタインベック(著) 大浦暁生(訳) 新潮文庫
『ハイジ』J・シュピーリ(作) 矢川澄子(訳) パウル・ハイ(画) 福音館書店
『ハイ・フォースの地主屋敷』フィリップ・ターナー(著) 神宮輝夫(訳) 岩波書店
『八朔の雪 みをつくし料理帖』高田郁(著) ハルキ文庫 角川春樹事務所
『写楽殺人事件』高橋克彦(著) 講談社文庫
『王都炎上(アルスラーン戦記1)』田中芳樹(著) 光文社文庫
『銀河英雄伝説1 黎明篇』田中芳樹(著) 創元SF文庫
『愛蔵版 クリスマス・キャロル』チャールズ・ディケンズ(作) 脇明子(訳) 岩波書店

『モンテ・クリスト伯1』アレクサンドル・デュマ（作） 山内義雄（訳） 岩波文庫
『トム・ソーヤーの冒険』マーク・トウェイン（著） 柴田元幸（訳） 新潮文庫
『ホビットの冒険』上・下 J・R・R・トールキン（著） 瀬田貞二（訳） 岩波少年文庫
『指輪物語1 旅の仲間（上1）』J・R・R・トールキン（著） 瀬田貞二、田中明子（訳） 評論社文庫
『指輪物語2 旅の仲間（上2）』J・R・R・トールキン（著） 瀬田貞二、田中明子（訳） 評論社文庫
『指輪物語3 旅の仲間（下1）』J・R・R・トールキン（著） 瀬田貞二、田中明子（訳） 評論社文庫
『指輪物語4 旅の仲間（下2）』J・R・R・トールキン（著） 瀬田貞二、田中明子（訳） 評論社文庫
『指輪物語5 二つの塔（上1）』J・R・R・トールキン（著） 瀬田貞二、田中明子（訳） 評論社文庫
『指輪物語6 二つの塔（上2）』J・R・R・トールキン（著） 瀬田貞二、田中明子（訳） 評論社文庫
『指輪物語7 二つの塔（下）』J・R・R・トールキン（著） 瀬田貞二、田中明子（訳） 評論社文庫
『指輪物語8 王の帰還（上）』J・R・R・トールキン（著） 瀬田貞二、田中明子（訳） 評論社文庫
『指輪物語9 王の帰還（下）』J・R・R・トールキン（著） 瀬田貞二、田中明子（訳） 評論社文庫
『罪と罰』全三巻 ドストエフスキー（著） 江川卓（訳） 岩波文庫
『風にのってきたメアリー・ポピンズ』P・L・トラヴァース（作） 林容吉（訳） 岩波少年文庫
『この湖にボート禁止』ジェフリー・トリーズ（作） 多賀京子（訳） リチャード・ケネディ（画） 福音館文庫
『かたづの！』中島京子（著） 集英社
『小さいおうち』中島京子（著） 文藝春秋

『神様のカルテ1』 夏川草介(著) 小学館文庫
『硝子戸の中』 夏目漱石(著) 新潮文庫
『夢十夜 他二篇』 夏目漱石(作) 岩波文庫
『i (アイ)』 西加奈子(著) ポプラ社
『円卓』 西加奈子(著) 文春文庫
『サラバ!』上・下 西加奈子(著) 小学館
『しずく』 西加奈子(著) 光文社文庫
『ふくわらい』 西加奈子(著) 朝日新聞出版
『まく子』 西加奈子(著) 福音館書店
『初秋 (スペンサー・シリーズ)』 ロバート・B・パーカー(著) 菊池光(訳) ハヤカワ・ミステリ文庫
『デューン 砂の惑星』上 フランク・ハーバート(著) 酒井昭伸(訳) ハヤカワ文庫SF
『小公子』 フランシス・ホジソン・バーネット(作) 脇明子(訳) 岩波少年文庫
『小公女』 フランシス・ホジソン・バーネット(作) 高楼方子(訳) エセル・フランクリン・ベッツ(画) 福音館書店
『秘密の花園』 フランシス・ホジソン・バーネット(作) 猪熊葉子(訳) 堀内誠一(画) 福音館書店
『晴れた空』上・下 半村良(著) 祥伝社文庫
『トムは真夜中の庭で』 フィリパ・ピアス(作) 高杉一郎(訳) 岩波少年文庫

『ハヤ号セイ川をいく』フィリパ・ピアス(作) 足沢良子(訳) E・アーディゾーニ(絵) 講談社青い鳥文庫
『聖女の遺骨求む（修道士カドフェルシリーズ1）』エリス・ピーターズ(著) 大出健(訳) 光文社文庫
『御宿かわせみ』平岩弓枝(著) 文春文庫
『チップス先生、さようなら』ジェイムズ・ヒルトン(著) 白石朗(訳) 新潮文庫
『大聖堂』全三巻 ケン・フォレット(著) 矢野浩三郎(訳) SB文庫 SBクリエイティブ
『ハイドゥナン1』藤崎慎吾(著) ハヤカワ文庫JA
『風の果て』上・下 藤沢周平(著) 文春文庫
『消えた女 彫師伊之助捕物覚え』藤沢周平(著) 新潮文庫
『漆黒の霧の中で 彫師伊之助捕物覚え』藤沢周平(著) 新潮文庫
『ささやく河 彫師伊之助捕物覚え』藤沢周平(著) 新潮文庫
『霧の果て 神谷玄次郎捕物控』藤沢周平(著) 文春文庫
『玄鳥』藤沢周平(著) 文春文庫
『春秋の檻 獄医立花登手控え 一』藤沢周平(著) 講談社文庫
『春秋山伏記』藤沢周平(著) 新潮文庫
『蟬しぐれ』藤沢周平(著) 文春文庫
『竹光始末』藤沢周平(著) 新潮文庫
『橋ものがたり』藤沢周平(著) 新潮文庫

『花のあと』藤沢周平（著）　文春文庫
『三屋清左衛門残日録』藤沢周平（著）　文春文庫
『麦屋町昼下がり』藤沢周平（著）　文春文庫
『用心棒日月抄』藤沢周平（著）　新潮文庫
『凶刃　用心棒日月抄』藤沢周平（著）　新潮文庫
『テロリストのパラソル』藤原伊織（著）　文春文庫
『ひまわりの祝祭』藤原伊織（著）　講談社文庫
『世界の真ん中の木』二木真希子（著）　アニメージュ文庫　徳間書店
『トンカチと花将軍』舟崎克彦、舟崎靖子（作）　福音館文庫
『一〇〇年前の女の子』船曳由美（著）　講談社
『火星年代記』レイ・ブラッドベリ（著）　小笠原豊樹（訳）　ハヤカワ文庫SF
『興奮（競馬シリーズ）』ディック・フランシス（著）　菊池光（訳）　ハヤカワ・ミステリ文庫
『大穴（競馬シリーズ）』ディック・フランシス（著）　菊池光（訳）　ハヤカワ・ミステリ文庫
『骨折（競馬シリーズ）』ディック・フランシス（著）　菊池光（訳）　ハヤカワ・ミステリ文庫
『侵入（競馬シリーズ）』ディック・フランシス（著）　菊池光（訳）　ハヤカワ・ミステリ文庫
『不屈（競馬シリーズ）』ディック・フランシス（著）　菊池光（訳）　ハヤカワ・ミステリ文庫
『嵐が丘』E・ブロンテ（著）　鴻巣友季子（訳）　新潮文庫

『星を継ぐもの』 ジェイムズ・P・ホーガン(著) 池央耿(訳) 創元SF文庫
『グリーン・ノウの子どもたち』 ルーシー・M・ボストン(作) ピーター・ボストン(絵) 亀井俊介(訳) 評論社
『グリーン・ノウの煙突』 ルーシー・M・ボストン(作) ピーター・ボストン(絵) 亀井俊介(訳) 評論社
『グリーン・ノウの川』 ルーシー・M・ボストン(作) ピーター・ボストン(絵) 亀井俊介(訳) 評論社
『グリーン・ノウのお客さま』 ルーシー・M・ボストン(作) ピーター・ボストン(絵) 亀井俊介(訳) 評論社
『グリーン・ノウの石』 ルーシー・M・ボストン(作) ピーター・ボストン(絵) 亀井俊介(訳) 評論社
『妖女サイベルの呼び声』 パトリシア・A・マキリップ(著) 佐藤高子(訳) ハヤカワ文庫FT
『火山のふもとで』 松家仁之(著) 新潮社
『モモちゃんとプー（モモちゃんとアカネちゃんの本2）』 松谷みよ子(著) 菊池貞雄(絵) 講談社
『なぞの転校生』 眉村卓(作) 緒方剛志(絵) 講談社青い鳥文庫
『森は生きている』 サムイル・マルシャーク(作) 湯浅芳子(訳) 岩波少年文庫
『本格小説』上・下 水村美苗(著) 新潮文庫
『火車』 宮部みゆき(著) 新潮文庫
『蒲生邸事件』 宮部みゆき(著) 文春文庫
『天狗風 霊験お初捕物控』 宮部みゆき(著) 講談社文庫
『龍は眠る』 宮部みゆき(著) 新潮文庫
『レベル7』 宮部みゆき(著) 新潮文庫

『月の輪ぐま』椋鳩十(作) 村井宗二(絵) 岩崎書店
『DIVE!!』上・下 森絵都(著) 角川文庫
『山椒大夫・高瀬舟』森鷗外(著) 新潮文庫
『可愛いエミリー』モンゴメリ(著) 村岡花子(訳) 新潮文庫
『ぼくがぼくであること』山中恒(作) 岩波少年文庫
『レ・ミゼラブル』上・下 ユーゴー(作) 豊島与志雄(編訳) 岩波少年文庫
『完訳 水滸伝1』吉川幸次郎、清水茂(訳) 岩波文庫
『星に叫ぶ岩ナルガン』パトリシア・ライトソン(作) 猪熊葉子(訳) 評論社
『ツバメ号とアマゾン号(ランサム・サーガ1)』上・下 アーサー・ランサム(作) 神宮輝夫(訳)
岩波少年文庫
『名探偵カッレくん』アストリッド・リンドグレーン(作) 尾崎義(訳) 岩波少年文庫
『ライオンと魔女(ナルニア国ものがたり1)』C・S・ルイス(作) 瀬田貞二(訳) 岩波書店
『影との戦い(ゲド戦記Ⅰ)』ル＝グウィン(作) 清水真砂子(訳) 岩波書店
『こわれた腕環(ゲド戦記Ⅱ)』ル＝グウィン(作) 清水真砂子(訳) 岩波書店
『さいはての島へ(ゲド戦記Ⅲ)』ル＝グウィン(作) 清水真砂子(訳) 岩波書店
『ジャン・クリストフ1』ロマン・ローラン(作) 豊島与志雄(訳) 岩波文庫
『野性の呼び声』ロンドン(著) 深町眞理子(訳) 光文社古典新訳文庫

『**大きな森の小さな家（インガルス一家の物語）**』ローラ・インガルス・ワイルダー（作）
ガース・ウィリアムズ（画）恩地三保子（訳）福音館書店

『**大草原の小さな家（インガルス一家の物語）**』ローラ・インガルス・ワイルダー（作）
ガース・ウィリアムズ（画）恩地三保子（訳）福音館書店

『**プラム・クリークの土手で（インガルス一家の物語）**』ローラ・インガルス・ワイルダー（作）
ガース・ウィリアムズ（画）恩地三保子（訳）福音館書店

『**シルバー・レイクの岸辺で**』（**インガルス一家の物語**）ローラ・インガルス・ワイルダー（作）
ガース・ウィリアムズ（画）恩地三保子（訳）福音館書店

『**農場の少年（インガルス一家の物語）**』ローラ・インガルス・ワイルダー（作）
ガース・ウィリアムズ（画）恩地三保子（訳）福音館書店

『**左手に告げるなかれ**』渡辺容子（著）講談社文庫

胸に響く詩

『**現代中国少数民族詩集**』秋吉久紀夫（編訳）土曜美術社出版販売

『**歳月**』茨木のり子（著）花神社

『**アイヌ神謡集**』知里幸惠（編訳）岩波文庫

『あけがたにくる人よ』永瀬清子（著）　思潮社
『山家鳥虫歌　近世諸国民謡集』南山子（編）浅野建二（校注）　岩波文庫

大好きな絵本

『クルツのごきげんしゃしんかん』加藤晶子（作）　講談社
『てがみぼうやのゆくところ』加藤晶子（作）　講談社
『おおきなきがほしい』佐藤さとる（ぶん）村上勉（え）　偕成社
『よあけ』ユリー・シュルヴィッツ（作・画）瀬田貞二（訳）　福音館書店
『よあけまで』曹文軒（作）中由美子（訳）和歌山静子（絵）　童心社
『子ども・大人（考える絵本）』野上暁、ひこ・田中（文）ヨシタケシンスケ（絵）　大月書店
『おしいれのぼうけん』ふるたたるひ、たばたせいいち（さく）　童心社
『ランドルフ・コールデコット　疾走した画家』レナード・S・マーカス（著）灰島かり（訳）
BL出版
『てぶくろ』エウゲーニー・M・ラチョフ（え）うちだりさこ（やく）　福音館書店
『ふくろうくん』アーノルド・ローベル（作）三木卓（訳）　文化出版局

愛しのマンガ

『欅の木』内海隆一郎(原作) 谷口ジロー(作画) 小学館
『蟲師1』漆原友紀(著) 講談社
『帯をギュッとね! 1』河合克敏(作) 小学館文庫
『金星樹』佐藤史生(著) 復刊ドットコム
『この貧しき地上に』佐藤史生(著) 復刊ドットコム
『死せる王女のための孔雀舞』佐藤史生(著) 復刊ドットコム
『春を夢見し』佐藤史生(著) 復刊ドットコム
『やどり木』佐藤史生(著) 復刊ドットコム
『夢みる惑星1 愛蔵版』佐藤史生(著) 復刊ドットコム
『ワン・ゼロ1 愛蔵版』佐藤史生(著) 復刊ドットコム
『天顕祭』白井弓子(著) サンクチュアリ出版
『WOMBS』全五巻 白井弓子(作) 小学館
『百日紅』上・下 杉浦日向子(著) ちくま文庫
『地球へ…1』竹宮惠子(著) 中公文庫コミック版

『海のトリトン1』手塚治虫（著）　手塚治虫文庫全集　講談社
『火の鳥1』手塚治虫（著）　手塚治虫文庫全集　講談社
『ブラック・ジャック1』手塚治虫（著）　手塚治虫文庫全集　講談社
『11月のギムナジウム』萩尾望都（作）　小学館文庫
『11人いる！』萩尾望都（作）　小学館文庫
『トーマの心臓』萩尾望都（作）　小学館文庫
『ポーの一族1』萩尾望都（作）　小学館文庫
『築地魚河岸三代目1』はしもとみつお（作画）　大石賢一（原案協力）　小学館
『はみだしっ子1』三原順（著）　白泉社文庫
『六三四の剣1』村上もとか（作）　小学館文庫
『はいからさんが通る1』大和和紀（著）　講談社漫画文庫
『エースをねらえ！1』山本鈴美香（著）　ホーム社漫画文庫
『海街diary1　蝉時雨のやむ頃』吉田秋生（作）　小学館

枕辺《まくらべ》に積んであるエッセー

『散歩のとき何か食べたくなって』池波正太郎（著）　新潮文庫

『むかしの味』池波正太郎（著）　新潮文庫
『父・藤沢周平との暮し』遠藤展子（著）　新潮文庫
『グリフィンとお茶を　ファンタジーに見る動物たち』荻原規子（著）中川千尋（挿絵）　徳間書店
『グアテマラの弟』片桐はいり（著）　幻冬舎文庫
『もぎりよ今夜も有難う』片桐はいり（著）　キネマ旬報社
『わたしのマトカ』片桐はいり（著）　幻冬舎文庫
『翻訳家じゃなくてカレー屋になるはずだった』金原瑞人（著）　牧野出版
『色を奏でる』志村ふくみ（著）井上隆雄（写真）　ちくま文庫
『ヴェネツィアの宿』須賀敦子（著）　文春文庫
『トリエステの坂道』須賀敦子（著）　新潮文庫
『サンドウィッチは銀座で』平松洋子（著）谷口ジロー（画）　文春文庫
『小説の周辺』藤沢周平（著）　文春文庫
『半生の記』藤沢周平（著）　文春文庫
『ふるさとへ廻る六部は』藤沢周平（著）　新潮文庫
『縁もたけなわ　ぼくが編集者人生で出会った愉快な人たち』松田哲夫（著）　小学館
『橋をかける　子供時代の読書の思い出』美智子（著）　文春文庫
『いまファンタジーにできること』アーシュラ・K・ル＝グウィン（著）谷垣暁美（訳）　河出書房新社

評論・文学研究など

『ファンタジー文学入門』ブライアン・アトベリー（著）谷本誠剛、菱田信彦（訳）大修館書店
『ファンタジーのDNA』荻原規子（著）理論社
『大人に贈る子どもの文学』猪熊葉子（著）岩波書店
『子ども文化の現代史　遊び・メディア・サブカルチャーの奔流』野上暁（著）大月書店
『オーストラリアのアイデンティティ　文学にみるその模索と変容』有満保江（著）東京大学出版会

哲学関連の本

『自省録』マルクス・アウレーリウス（著）神谷美恵子（訳）岩波文庫
『方法序説』デカルト（著）谷川多佳子（訳）岩波文庫
『物語の哲学』野家啓一（著）岩波現代文庫
『日本の弓術』オイゲン・ヘリゲル（述）柴田治三郎（訳）岩波文庫
『文化のフェティシズム』丸山圭三郎（著）勁草書房
『老子』老子（著）蜂屋邦夫（訳注）岩波文庫

人の心、認識にまつわる本

『明恵　夢を生きる』河合隼雄（著）　講談社＋α文庫
『物語を生きる〈物語と日本人の心〉コレクションⅡ』河合隼雄（著）　岩波現代文庫
『認識のレトリック』瀬戸賢一（著）　海鳴社
『自然現象と心の構造　非因果的連関の原理』C・G・ユング、W・パウリ（著）　河合隼雄、村上陽一郎（訳）　海鳴社

人類が紡《つむ》ぐさまざま――文化、社会、民族、民俗《みんぞく》――

『通過儀礼』ファン・ヘネップ（著）　綾部恒雄、綾部裕子（訳）　岩波文庫
『かくれた次元』エドワード・ホール（著）　日高敏隆、佐藤信行（訳）　みすず書房
『創られた伝統』エリック・ホブズボウム、テレンス・レンジャー（編）　前川啓治、梶原景昭（ほか訳）　紀伊國屋書店
『文化とコミュニケーション』大屋幸恵、内藤暁子、石森大知（編著）　北樹出版
『声の文化と文字の文化』W－J・オング（著）　桜井直文、林正寛、糟谷啓介（訳）　藤原書店

白水社
『無文字民族の神話　新装復刊版』ミシェル・パノフ、大林太良（ほか著）大林太良、宇野公一郎（訳）
『死の人類学』内堀基光、山下晋司（著）弘文堂
『人類の地平から　生きること死ぬこと』川田順造（著）ウェッジ
『国家に抗する社会　政治人類学研究』ピエール・クラストル（著）渡辺公三（訳）水声社
『食と健康の文化人類学』滝口直子、秋野晃司（編著）学術図書出版社
『汚穢と禁忌』メアリ・ダグラス（著）塚本利明（訳）ちくま学芸文庫
『人類学的思考の歴史』竹沢尚一郎（著）世界思想社
『ケガレ』波平恵美子（著）講談社学術文庫
『山口昌男　人類学的思考の沃野』真島一郎、川村伸秀（編）東京外国語大学出版会
『文化と両義性』山口昌男（著）岩波現代文庫
『米山俊直の仕事　ローカルとグローバル―人間と文化を求めて』米山俊直（著）人文書館
『科学が作られているとき　人類学的考察』ブルーノ・ラトゥール（著）川崎勝、高田紀代志（訳）
産業図書
『野生の思考』クロード・レヴィ＝ストロース（著）大橋保夫（訳）みすず書房
『人種神話を解体する1　可視性と不可視性のはざまで』斉藤綾子、竹沢泰子（編）東京大学出版会
『人種神話を解体する2　科学と社会の知』坂野徹、竹沢泰子（編）東京大学出版会

『人種神話を解体する3　「血」の政治学を越えて』川島浩平、竹沢泰子(編)　東京大学出版会

『さらばモンゴロイド　「人種」に物言いをつける』神部武宣(著)　綾部真雄、山上亜紀(編集・校訂)　生活書院

『オリエンタリズム』上・下　エドワード・W・サイード(著)　今沢紀子(訳)　平凡社ライブラリー

『〈帝国〉グローバル化の世界秩序とマルチチュードの可能性』アントニオ・ネグリ、マイケル・ハート(著)　水嶋一憲(ほか訳)　以文社

『グローバリゼーションと〈生きる世界〉　生業からみた人類学的現在』松井健、名和克郎、野林厚志(編)　昭和堂

『華麗なる交易　貿易は世界をどう変えたか』ウィリアム・バーンスタイン(著)　鬼澤忍(訳)　日本経済新聞出版社

『動物の値段』白輪剛史(著)　角川文庫

『観光開発と文化　南からの問いかけ』橋本和也、佐藤幸男(編)　世界思想社

『神々の相克　文化接触と土着主義』中牧弘允(編)　新泉社

『モデクゲイ　ミクロネシア・パラオの新宗教』青柳真智子(著)　新泉社

『「エスニック」とは何か　エスニシティ基本論文選』青柳まちこ(編・監訳)　新泉社

『エスニシティとナショナリズム　人類学的視点から』トーマス・ハイランド・エリクセン(著)　鈴木清史(訳)　明石書店

『多文化時代の市民権　マイノリティの権利と自由主義』ウィル・キムリッカ（著）角田猛之、石山文彦、山崎康仕（監訳）晃洋書房
『エスニシティと都市　新版』広田康夫（著）有信堂高文社
『新装 アウトサイダーズ　ラベリング理論とはなにか』ハワード・S・ベッカー（著）村上直之（訳）新泉社
『先住民と都市　人類学の新しい地平』青柳清孝、松山利夫（編）青木書店
『貧困の文化　メキシコの〈五つの家族〉』オスカー・ルイス（著）高山智博、染谷臣道、宮本勝（訳）ちくま学芸文庫
『オセアニア（講座世界の先住民族09）』綾部恒雄（監修）前川啓治、棚橋訓（編）明石書店
『オーストラリア入門　第2版』竹田いさみ、森健、永野隆行（編）東京大学出版会
『アボリジニ社会のジェンダー人類学　先住民・女性・社会変化』窪田幸子（著）世界思想社
『土地と人間　現代土地問題への歴史的接近（21世紀歴史学の創造3）』小谷汪之、山本真鳥、藤田進（著）有志舎
『狩人の大地　オーストラリア・アボリジニの世界』小山修三（著）雄山閣出版
『オーストラリア先住民の土地権と環境管理』友永雄吾（著）明石書店
『ブラックフェラウェイ　オーストラリア先住民アボリジナルの選択』松山利夫（著）御茶の水書房
『オーストラリア先住民と日本　先住民学・交流・表象』山内由理子（編）御茶の水書房
『生物という文化―人と生物の多様な関わり』池田透（編著）北海道大学出版会

『花と木の文化史』中尾佐助（著）　岩波新書
『虫と文明　螢のドレス・王様のハチミツ酒・カイガラムシのレコード』ギルバート・ワルドバウアー（著）屋代通子（訳）　築地書館
『芸術人類学』中沢新一（著）　みすず書房
『精霊の王』中沢新一（著）　講談社
『対称性人類学』中沢新一（著）　講談社選書メチエ
『チベットのモーツァルト』中沢新一（著）　講談社学術文庫
『ドン・ファンの教え』カルロス・カスタネダ（著）真崎義博（訳）　太田出版
『精霊と結婚した男』ヴィンセント・クラパンザーノ（著）大塚和夫、渡部重行（訳）　紀伊國屋書店
『トナカイに乗った狩人たち　北方ツングース民族誌』B・A・トゥゴルコフ（著）斎藤晨二（訳）刀水書房
『トナカイ牧畜民の食の文化・社会誌』吉田睦（著）　彩流社
『森林・草原・砂漠　森羅万象とともに』岩田慶治（著）　人文書館
『差異とつながりの民族誌　北タイ山地カレン社会の民族とジェンダー』速水洋子（著）　世界思想社
『海域世界の民族誌　フィリピン島嶼部における移動・生業・アイデンティティ』関恒樹（著）　世界思想社
『越境　スールー海域世界から』床呂郁哉（著）　岩波書店
『海境を越える人びと　真珠とナマコとアラフラ海』村井吉敬、内海愛子、飯笹佐代子（編著）　コモンズ

『境界の民族誌　多民族社会ハワイにおけるジャパニーズのエスニシティ』森仁志（著）　明石書店
『神・人間・動物　古代海人の世界（谷川健一全集　第四巻）』谷川健一（著）　冨山房インターナショナル
『遠野物語』柳田國男（著）　大和書房
『のさらん福は願い申さん—柳田國男『後狩詞記』を腑分けする』飯田辰彦（著）　みやざき文庫　鉱脈社
『山深き遠野の里の物語せよ』菊池照雄（著）　梟社
『新考　山の人生　柳田國男からの宿題』千葉徳爾（著）　古今書院
『熊を殺すと雨が降る　失われゆく山の民俗』遠藤ケイ（著）　ちくま文庫
『山里の食べもの誌』杉浦孝蔵（著）　創森社
『狩猟伝承（ものと人間の文化史14）』千葉徳爾（著）　法政大学出版局
『木の実（ものと人間の文化史47）』松山利夫（著）　法政大学出版局
『日本霊異記の世界　説話の森を歩く』三浦佑之（著）　角川選書
『物づくりと技（日本の民俗11）』三田村佳子、宮本八重子、宇田哲雄（著）　吉川弘文館
『千年を耕す　椎葉焼き畑村紀行』上野敏彦（著）　平凡社
『クニ子おばばと山の暮らし』椎葉クニ子（著）　WAVE出版
『家郷の訓』宮本常一（著）　岩波文庫
『川の道』宮本常一（編著）　八坂書房
『庶民の旅』宮本常一（編著）　八坂書房

『日本の宿』宮本常一（編著）八坂書房
『民衆の生活文化（宮本常一講演選集1）』宮本常一（著）田村善次郎（編）農山漁村文化協会
『山に生きる人びと』宮本常一（著）河出文庫
『山の道』宮本常一（編著）八坂書房
『忘れられた日本人』宮本常一（著）岩波文庫
『江戸＝東京の下町から』川田順造（著）岩波書店
『布のちから　江戸から現在へ』田中優子（著）朝日新聞出版
『文化を書く』ジェイムズ・クリフォード、ジョージ・マーカス（編）春日直樹（ほか訳）紀伊國屋書店
『異文化の学びかた・描きかた　なぜ、どのように研究するのか』住原則也、箭内匡、芹澤知広（著）世界思想社
『新版　ライフヒストリーを学ぶ人のために』谷富夫（編）世界思想社
『ミクロ人類学の実践　エイジェンシー／ネットワーク／身体』田中雅一、松田素二（編）世界思想社
『異文化の解読』吉田禎吾（編）平河出版社
『文化人類学事典』日本文化人類学会（編）丸善出版

歴史関係の本

『アレクサンドロスの征服と神話（興亡の世界史）』森谷公俊（著） 講談社学術文庫

『遊牧国家の誕生』林俊雄（著） 山川出版社

『図説　ローマ帝国衰亡史』エドワード・ギボン（著） 吉村忠典、後藤篤子（訳） 東京書籍

『ローマはなぜ滅んだか』弓削達（著） 講談社現代新書

『シルクロードと唐帝国（興亡の世界史）』森安孝夫（著） 講談社学術文庫

『中世を旅する人びと　ヨーロッパ庶民生活点描』阿部謹也（著） ちくま学芸文庫

『中世の旅　新装版』ノルベルト・オーラー（著） 藤代幸一（訳） 法政大学出版局

『中世の旅芸人　奇術師・詩人・楽士』ヴォルフガング・ハルトゥング（著） 井本晌二、鈴木麻衣子（訳） 法政大学出版局

『中世ヨーロッパの武術』長田龍太（著） 新紀元社

『モンゴル帝国と長いその後（興亡の世界史）』杉山正明（著） 講談社学術文庫

『オスマン帝国500年の平和（興亡の世界史）』林佳世子（著） 講談社学術文庫

『オスマン帝国　イスラム世界の「柔らかい専制」』鈴木董（著） 講談社現代新書

『他者の帝国　インカはいかにして「帝国」となったか』関雄二、染田秀藤（編） 世界思想社

『イスラームから見た「世界史」』タミム・アンサーリー（著）小沢千重子（訳）紀伊國屋書店
『浴場から見たイスラーム文化』杉田英明（著）山川出版社
『イラン、背反する民の歴史』ハミッド・ダバシ（著）田村美佐子、青柳伸子（訳）作品社
『優しい絆　北米毛皮交易社会の女性史一六七〇―一八七〇年』シルヴィア・ヴァン・カーク（著）
木村和男、田中俊弘（訳）麗澤大学出版会
『ロシアの拡大と毛皮交易　16～19世紀シベリア・北太平洋の商人世界』森永貴子（著）彩流社
『「岩宿」の発見　幻の旧石器を求めて』相沢忠洋（著）講談社文庫
『新版　稲作以前』佐々木高明（著）ＮＨＫブックス
『異形の王権』網野善彦（著）平凡社ライブラリー
『海民と日本社会』網野善彦（著）新人物文庫　ＫＡＤＯＫＡＷＡ
『異郷を結ぶ商人と職人（日本の中世3）』笹本正治（著）中央公論新社
『女人、老人、子ども（日本の中世4）』田端泰子、細川涼一（著）中央公論新社
『村の戦争と平和（日本の中世12）』坂田聡、榎原雅治、稲葉継陽（著）中央公論新社
『海賊たちの中世』金谷匡人（著）吉川弘文館
『破産者たちの中世』桜井英治（著）山川出版社
『戦国の村を行く』藤木久志（著）朝日選書　朝日新聞社
『草山の語る近世』水本邦彦（著）山川出版社

『森林の江戸学』徳川林政史研究所(編) 東京堂出版
『イザベラ・バードの日本紀行』上・下 イザベラ・バード(著) 時岡敬子(訳) 講談社学術文庫
『それでも、日本人は「戦争」を選んだ』加藤陽子(著) 朝日出版社
『敗北を抱きしめて 増補版 第二次大戦後の日本人』上・下 ジョン・ダワー(著) 三浦陽一、高杉忠明(訳)
岩波書店
『日本とオーストラリアの太平洋戦争 記憶の国境線を問う』鎌田真弓(編) 御茶の水書房
『歴史意識の芽生えと歴史記述の始まり』蔀勇造(著) 山川出版社
『人類はどこへ行くのか(興亡の世界史)』福井憲彦、杉山正明(ほか著) 講談社
『文明が衰亡するとき』高坂正堯(著) 新潮選書
『人口の世界史』マッシモ・リヴィ-バッチ(著) 速水融、斎藤修(訳) 東洋経済新報社
『人口から読む日本の歴史』鬼頭宏(著) 講談社学術文庫
『移民の一万年史 人口移動・遙かなる民族の旅』ギ・リシャール(監修) 藤野邦夫(訳) 新評論
『暴力の人類史』上・下 スティーブン・ピンカー(著) 幾島幸子、塩原通緒(訳) 青土社
『塩の文明誌 人と環境をめぐる5000年』佐藤洋一郎、渡邊紹裕(著) NHKブックス
『塩の道』宮本常一(著) 講談社学術文庫
『古代の技術史 上 金属』フォーブス(著) 平田寛(ほか監訳) 朝倉書店
『科学は歴史をどう変えてきたか その力・証拠・情熱』マイケル・モーズリー、ジョン・リンチ(著)

久芳清彦（訳）　東京書籍
『気象を操作したいと願った人間の歴史』ジェイムズ・ロジャー・フレミング（著）鬼澤忍（訳）　紀伊國屋書店
『人体探求の歴史』笹山雄一（著）　築地書館
『図説　世界史を変えた50の植物』ビル・ローズ（著）柴田譲治（訳）　原書房
『品種改良の世界史　家畜編』正田陽一（編）松川正（ほか著）　悠書館
『犬の日本史　人間とともに歩んだ一万年の物語』谷口研語（著）　吉川弘文館
『犬たちの明治維新　ポチの誕生』仁科邦男（著）　草思社
『絵で見るある港の歴史　ささやかな交易の場から港湾都市への10，000年』スティーブ・ヌーン（絵）アン・ミラード（文）松沢あさか（訳）　さ・え・ら書房

生物、生態、世界の姿

『時間の分子生物学』粂和彦（著）　講談社現代新書
『セックス・アンド・デス　生物学の哲学への招待』キム・ステレルニー、ポール・E・グリフィス（著）太田紘史（ほか訳）　春秋社
『生物がつくる〈体外〉構造　延長された表現型の生理学』J・スコット・ターナー（著）滋賀陽子（訳）深津武馬（監修）　みすず書房

『死なないやつら』長沼毅（著）　講談社ブルーバックス
『生命誌とは何か』中村桂子（著）　講談社学術文庫
『生命のからくり』中屋敷均（著）　講談社現代新書
『生物と無生物のあいだ』福岡伸一（著）　講談社現代新書
『細胞夜話』藤元宏和（編著）　パレード
『生物学的文明論』本川達雄（著）　新潮新書
『ゾウの時間　ネズミの時間』本川達雄（著）　中公新書
『生物から見た世界』ユクスキュル、クリサート（著）日高敏隆、羽田節子（訳）　岩波文庫
『生命は細部に宿りたまう　ミクロハビタットの小宇宙』加藤真（著）　岩波書店
『種間関係の生物学　共生・寄生・捕食の新しい姿』種生物学会（編）川北篤、奥山雄大（責任編集）
文一総合出版
『生き物たちの情報戦略　生存をかけた静かなる戦い』針山孝彦（著）　化学同人
『外来種は本当に悪者か？』フレッド・ピアス（著）　藤井留美（訳）　草思社
『皮膚感覚の不思議　「皮膚」と「心」の身体心理学』山口創（著）　講談社ブルーバックス
『「退化」の進化学　ヒトにのこる進化の足跡』犬塚則久（著）　講談社ブルーバックス
『集団の進化　種形成のメカニズム』北川修（著）　東京大学出版会
『したたかな生命　進化・生存のカギを握るロバストネスとはなにか』北野宏明、竹内薫（著）

ダイヤモンド社
『進化のなぜを解明する』ジェリー・A・コイン（著）塩原通緒（訳）日経BP社
『理不尽な進化　遺伝子と運のあいだ』吉川浩満（著）朝日出版社
『破壊する創造者　ウイルスがヒトを進化させた』フランク・ライアン（著）夏目大（訳）ハヤカワ文庫NF
『ミトコンドリアが進化を決めた』ニック・レーン（著）斉藤隆央（訳）みすず書房
『動物社会における共同と攻撃』伊藤嘉昭（編）東海大学出版会
『親と子の動物行動学　野生動物の一生から学ぶ』小原秀雄（著）教育出版
『死を悼む動物たち』バーバラ・J・キング（著）秋山勝（訳）草思社
『もの思う鳥たち　鳥類の知られざる人間性』セオドア・ゼノフォン・バーバー（著）笠原敏雄（訳）
日本教文社
『動物の生存戦略　行動から探る生き物の不思議』長谷川眞理子（著）左右社
『動物たちの心の科学　仲間に尽くすイヌ、喪に服すゾウ、フェアプレイ精神を貫くコヨーテ』
マーク・ベコフ（著）高橋洋（訳）青土社
『ハダカデバネズミ　女王・兵隊・ふとん係』吉田重人、岡ノ谷一夫（著）岩波科学ライブラリー
『思考する豚』ライアル・ワトソン（著）福岡伸一（訳）木楽舎
『個体群と環境　虫を通してみる生活の多様性』高橋史樹（著）東京大学出版会
『ミツバチ　飼育・生産の実際と蜜源植物』角田公次（著）農山漁村文化協会

『ミツバチとともに　養蜂家 角田公次』大西暢夫（写真）農文協（編）農山漁村文化協会
『昆虫と花　共生と共進化』F・G・バルト（著）渋谷達明（監訳）八坂書房
『身近な雑草の愉快な生きかた』稲垣栄洋（著）三上修（画）ちくま文庫
『森林飽和　国土の変貌を考える』太田猛彦（著）NHKブックス
『街なかの地衣類ハンドブック』大村嘉人（著）文一総合出版
『炭と菌根でよみがえる松』小川真（著）築地書館
『動物と植物はどこがちがうか』高橋英一（著）研成社
『ミクロの森　1㎡の原生林が語る生命・進化・地球』D・G・ハスケル（著）三木直子（訳）築地書館
『キノコ・カビの研究史　人が菌類を知るまで』G・C・エインズワース（著）小川眞（訳）
京都大学学術出版会
『菌類のふしぎ　形とはたらきの驚異の多様性』国立科学博物館（編）細矢剛（責任編集）
東海大学出版部
『共生細菌の世界　したたかで巧みな宿主操作』成田聡子（著）東海大学出版会
『失われてゆく、我々の内なる細菌』マーティン・J・ブレイザー（著）山本太郎（訳）みすず書房
『細菌が世界を支配する　バクテリアは敵か？　味方か？』アン・マクズラック（著）西田美緒子（訳）
白揚社

生病老死、人の身体、生物としての人、そして医学

『生命の意味論』多田富雄（著） 新潮社

『ヒトはなぜ協力するのか』マイケル・トマセロ（著） 橋彌和秀（訳） 勁草書房

『動的平衡』福岡伸一（著） 木楽舎

『病気の社会史 文明に探る病因』立川昭二（著） 岩波現代文庫

『進化から見た病気 「ダーウィン医学」のすすめ』栃内新（著） 講談社ブルーバックス

『病気はなぜ、あるのか 進化医学による新しい理解』ランドルフ・M・ネシー、ジョージ・C・ウィリアムズ（著）

長谷川眞理子、長谷川寿一、青木千里（訳） 新曜社

『ヒト、この不思議な生き物はどこから来たのか』長谷川眞理子（編著） ウェッジ

『ヒトはなぜ病気になるのか』長谷川眞理子（著） ウェッジ

『老化という生存戦略』近藤祥司（著） 日本評論社

『老化はなぜ進むのか』近藤祥司（著） 講談社ブルーバックス

『老化生物学 老いと寿命のメカニズム』ロジャー・B・マクドナルド（著） 近藤祥司（監訳）

メディカル・サイエンス・インターナショナル

『人間にとって寿命とはなにか』本川達雄（著） 角川新書

『老化の進化論　小さなメトセラが寿命観を変える』マイケル・R・ローズ(著) 熊井ひろ美(訳)
みすず書房
『われわれはなぜ死ぬのか』柳澤桂子(著) 草思社
『生と死をめぐる断想』岸本葉子(著) 中央公論新社
『〈わたし〉はどこにあるのか　ガザニガ脳科学講義』マイケル・S・ガザニガ(著) 藤井留美(訳)
紀伊國屋書店
『解剖学教室へようこそ』養老孟司(著) ちくま文庫
『カミとヒトの解剖学』養老孟司(著) 法蔵館
『唯脳論』養老孟司(著) ちくま学芸文庫
『養老孟司の人間科学講義』養老孟司(著) ちくま学芸文庫
『新しい自然免疫学　免疫システムの真の主役』審良静男研究室(監修) 坂野上淳(著) 技術評論社
『新・現代免疫物語「抗体医薬」と「自然免疫」の驚異』岸本忠三、中嶋彰(著) 講談社ブルーバックス
『免疫・「自己」と「非自己」の科学』多田富雄(著) NHKブックス
『免疫の意味論』多田富雄(著) 青土社
『あなたの体は9割が細菌』アランナ・コリン(著) 矢野真千子(訳) 河出書房新社
『寄生虫なき病』モイセズ・ベラスケス＝マノフ(著) 赤根洋子(訳) 文藝春秋
『これだけは知っておきたい人獣共通感染症』神山恒夫(著) 地人書館

『感染症と文明』山本太郎（著）　岩波新書
『獣医さん走る　家畜防疫の最前線』吉川泰弘（著）　幸書房
『野生の猛禽を診る　獣医師・齋藤慶輔の365日』齋藤慶輔（著）　北海道新聞社
『野生動物のお医者さん』齋藤慶輔（著）　講談社
『医者は現場でどう考えるか』ジェローム・グループマン（著）美沢惠子（訳）　石風社
『医療・合理性・経験　バイロン・グッドの医療人類学講義』バイロン・J・グッド（著）江口重幸（ほか訳）　誠信書房
『痛みをやわらげる科学』下地恒毅（著）　サイエンス・アイ新書　SBクリエイティブ
『医療とは何か　現場で根本問題を解きほぐす』行岡哲男（著）　河出ブックス
『薬のルーツ〝生薬〟　科学的だった薬草の効能』関水康彰（著）　技術評論社
『漢方水先案内　医学の東へ』津田篤太郎（著）　医学書院
『病名がつかない「からだの不調」とどうつき合うか』津田篤太郎（著）　ポプラ新書
『未来の漢方　ユニバースとコスモスの医学』津田篤太郎、森まゆみ（著）　亜紀書房
『医心方の世界　古代の健康法をたずねて　新装版』槇佐知子（著）　人文書院
『歴史の中の化合物　くすりと医療の歩みをたどる』山崎幹夫（著）　東京化学同人
『洪庵のくすり箱』米田該典（著）　大阪大学出版会
『人はなぜ治るのか　増補改訂版』アンドルー・ワイル（著）上野圭一（訳）　日本教文社

『癒す心、治る力』アンドルー・ワイル（著）上野圭一（訳）　角川文庫

往復書簡

『言魂』石牟礼道子、多田富雄（著）　藤原書店

『露の身ながら　往復書簡　いのちへの対話』多田富雄、柳澤桂子（著）　集英社文庫

がんと共に生きるときに

『がんの最後は痛くない』大岩孝司（著）　文藝春秋

『誰も教えてくれなかったスピリチュアルケア』岡本拓也（著）　医学書院

『末期ガンと漢方』黒岩祐治（著）　ＩＤＰ出版

『がんを生きる』佐々木常雄（著）　講談社現代新書

『名医に聞く　あきらめないがん治療』田口淳一（著）　あきらめないがん治療ネットワーク（監修）　ブックマン社

『がん　生と死の謎に挑む』立花隆、ＮＨＫスペシャル取材班（著）　文春文庫

『がんと闘った科学者の記録』戸塚洋二（著）　立花隆（編）　文春文庫

『がんを生きるための骨転移リテラシー』橋本伸之(著)　文芸社
『「がん」では死なない「がん患者」　栄養障害が寿命を縮める』東口高志(著)　光文社新書
『がんでも長生き　心のメソッド』保坂隆、今渕恵子(著)　マガジンハウス
『がん研有明病院で今起きている漢方によるがん治療の奇蹟』星野惠津夫(著)　海竜社
『漢方で劇的に変わるがん治療』星野惠津夫(著)　明治書院
『がんは引き分けに持ち込め』三好立(著)　セブン&アイ出版

ノンフィクション・自伝など

『職業外伝　白の巻』秋山真志(著)　ポプラ文庫
『職業外伝　紅の巻』秋山真志(著)　ポプラ文庫
『清冽　詩人茨木のり子の肖像』後藤正治(著)　中公文庫
『夏から夏へ』(ハードカバー版/文庫版)佐藤多佳子(著)　集英社
『古代への情熱　シュリーマン自伝』シュリーマン(著)　関楠生(訳)　新潮文庫
『ぼくは猟師になった』千松信也(著)　新潮文庫
『ホタルの歌』原田一美(著)　未知谷

上橋菜穂子

（うえはし・なほこ）

立教大学博士課程単位取得（文学博士）。専攻は文化人類学。オーストラリアの先住民であるアボリジニを研究。女子栄養大学助手を経て、現在川村学園女子大学特任教授。『精霊の守り人』（野間児童文芸新人賞、産経児童出版文化賞、アメリカ図書館協会バチェルダー賞）『闇の守り人』（日本児童文学者協会賞）『夢の守り人』（前２作とあわせ路傍の石文学賞）『神の守り人＜来訪編＞＜帰還編＞』（小学館児童出版文化賞）など12巻からなる代表作「守り人」シリーズは、内外から高い評価を得ている。そのほかの著書に『精霊の木』『月の森に、カミよ眠れ』（日本児童文学者協会新人賞）『狐笛のかなた』（野間児童文芸賞）『獣の奏者』『鹿の王』（本屋大賞、日本医療小説大賞）などがある。2002年に巌谷小波文芸賞、2014年に国際アンデルセン賞作家賞を受賞。

物語と歩いてきた道
インタビュー・スピーチ&エッセイ集
2017年11月　初版第1刷

著＝上橋菜穂子

発行者＝今村正樹
発行所＝株式会社 偕成社
http://www.kaiseisha.co.jp/
〒162-8450 東京都新宿区市谷砂土原町 3-5
TEL 03(3260)3221（販売）　03(3260)3229（編集）
印刷所＝中央精版印刷株式会社
　　　　小宮山印刷株式会社
製本所＝株式会社常川製本
NDC914 偕成社 206P. 20cm ISBN978-4-03-003440-2

本のご注文は電話、ファックス、またはEメールでお受けしています。
Tel: 03-3260-3221 Fax: 03-3260-3222 e-mail: sales @ kaiseisha.co.jp
乱丁本・落丁本はお取りかえいたします。

上橋菜穂子の作品

「守《も》り人《びと》」シリーズ

ハードカバー版／軽装版／電子書籍版

精霊の守り人

絵／二木真希子

女用心棒バルサは、ふとしたことから新ヨゴ皇国の皇子チャグムを助ける。しかし、彼は〈精霊の守り人〉だった。

闇の守り人

絵／二木真希子

バルサは数十年ぶりに故郷カンバルへもどる。かつて自分を救ってくれた、いまは亡き養父ジグロの汚名をそそぐために。

夢の守り人

絵／二木真希子

異界の〈花〉によって人鬼と化したタンダ。バルサはタンダをとりもどせるのか。軽装版には作者の『創作こぼれ話』を収録。

虚空の旅人

絵／佐竹美保

皇太子チャグムは隣国サンガルに招かれるが、宮殿には呪いと陰謀が渦巻いていた！　軽装版の解説は画家・佐竹美保。

神の守り人〈来訪編〉〈帰還編〉

絵／二木真希子

バルサが人買いから救った少女アスラは「神の守り人」か「災いの子」か。軽装版の解説はCLAMPいがらし寒月。

蒼路の旅人

絵／佐竹美保

罠と知りながらサンガル王国の救援にむかうチャグム。故郷を離れ、困難な旅がはじまる。軽装版の解説は佐藤多佳子。

天と地の守り人

〈第一部〉〈第二部〉〈第三部〉

絵／二木真希子

行方不明のチャグムを探すバルサ。そして異界にも大きな変化が！　軽装版解説は、〈一〉井辻朱美、〈二〉大森望、〈三〉二木真希子。

流れ行く者 守り人短編集

絵／二木真希子

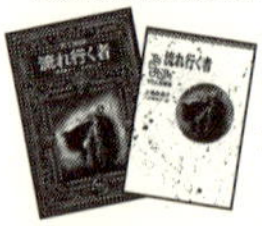

父を殺された少女バルサと、彼女を救った父の親友ジグロの流浪の日々。軽装版の解説は「ユリイカ」編集長・山本充。

炎路を行く者 守り人作品集

絵／佐竹美保
二木真希子

ヒュウゴの若き日々を描いた「炎路の旅人」とバルサの少女時代を描いた「十五の我には」を収録。軽装版の解説は平野キャシー。

増補改訂版 「守り人」のすべて

「守り人」シリーズ完全ガイド　ソフトカバー版

編／偕成社編集部　絵／二木真希子　佐竹美保

「守り人」シリーズ登場人物事典や上橋菜穂子全著作紹介をはじめ、書き下ろし短編「春の光」、新短編「天への振舞い」を収録。

絵／上橋菜穂子

精霊の木

ハードカバー版／電子書籍版
絵／二木真希子

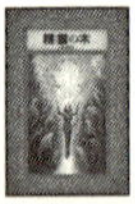

地球からナイラ星に移住した人類。その子孫シンとリシアは、滅びたとされている先住民の謎に迫る。上橋菜穂子のデビュー作。

月の森に、カミよ眠れ

偕成社文庫版／電子書籍版

月の森の蛇ガミに愛された巫女キシメと、蛇ガミの化身タヤタ。カミと人、自然と文明の関わりを描く古代ファンタジー。

物語と歩いてきた道

インタビュー・スピーチ＆エッセイ集

単行本初収録のインタビューやスピーチ、そしてエッセイが1冊に！　著者が選書した約700冊のリストも掲載。